Marina Deck
Scherbenhaufen Schule
Teil 1

AF186836

Marina Deck

Scherbenhaufen Schule
Teil 1

*Bibliografische Information der Deutschen National-
bibliothek:
Die Deutsche Nationalbibliothek verzeichnet diese
Publikation in der Deutschen Nationalbibliografie;
detaillierte bibliografische Daten sind im Internet
über http://dnb.de abrufbar.*

Coverdesign & Illustration: Jeannie Hicks

*Herstellung und Verlag: BoD – Books on Demand,
Norderstedt*

ISBN: 978-3-7448-9784-6

Kapitel 1

Experiment „Schule"

Mit einer Weinflasche in einer Hand und einer Packung Chips in der anderen schellte ich bei meiner Freundin Nicole und freute mich schon auf unseren Frauenabend. Früher hatten wir uns regelmäßig getroffen, um uns bei einem Glas Wein oder einer Tasse Tee einen lustigen Film anzuschauen oder über unsere Kinder und Männer zu quatschen. In den letzten Monaten steckte Nicole aber mitten im Umbaustress und wir mussten auf unsere gemütlichen Abende verzichten. Mit kurzen SMS oder WhatsApp-Nachrichten hielten wir uns auf dem Laufenden und tauschten die letzten Nachrichten aus. Die letzte SMS von Nicole beunruhigte mich aber.

„Ich weiß einfach nicht weiter. Helena will nicht mehr zur Schule gehen."

Ich dachte an Nicoles Tochter Helena. Das letzte Mal hatte ich mit ihr vor einigen Monaten gesprochen, als die Kleine stolz von ihrem Fahrrad abstieg und mir über ihre neue Schule erzählte. Das Mädchen redete wie ein Wasserfall und schon bald wusste ich, wie die Lehrerinnen hießen und wer von ihnen die netteste war. Dass es in der Klasse mehr Jungs als Mädchen gab und dass manche von ihnen doof waren. Aber am meisten freute sich Helena über die vielen neuen Fächer und dicken Schulbücher, die sie mir stolz präsentierte.

Wie lange war das her? Ich überlegte kurz. Nicht mal zwei Monate waren seitdem vergangen. Ein kurzer Zeitabschnitt, der aus einem fröhlichen Mädchen ein trauriges Kind gemacht hatte, das nun die Schule verweigerte. Ich las die SMS noch einmal und überlegte, ob ich Nicole anrufen sollte. Dann schnappte ich meine Autoschlüssel und fuhr zu meiner Freundin.

Nicole holte eine Schachtel Zigaretten aus der Küche, steckte sich eine in den Mund und zog kräftig daran. Dann erzählte sie voller Verzweiflung von ihrer elfjährigen Tochter Helena, die immer öfter über starke Bauch- und Kopfschmerzen klagte, sehr oft weinte und sich nach der Schule in ihr Zimmer zurückzog.

„Vor einer Woche brach Helena in Tränen aus und sagte zu mir, sie würde nie wieder in die Schule gehen."

„Hat sie auch gesagt warum?"

„Sie hat Angst vor einem Mitschüler, der die ganze Klasse terrorisiert. Er geht über Tische und Bänke, schlägt die Kinder, zerstört böswillig das Schulmaterial und beleidigt alle Lehrer. Vor keinem hat er Respekt. Außerdem erzählt Helena oft, dass die Lehrerin gar keine Zeit für die meisten Schüler in der Klasse hat. Sie ist ständig damit beschäftigt, diesen auffälligen Jungen zu zähmen oder den Schülern, die am Tisch ganz vorne sitzen, etwas zu erklären. Die weiteren drei Schüler, die die Klasse täglich aufmischen, sind Flüchtlingskinder. Sie verstehen kein Deutsch und können dem Unterricht nicht folgen. Die Lehrerin lässt sie Wörter abschreiben, worauf sie keine Lust haben und sich stattdessen in ihrer Sprache laut unterhalten."

„Ist das eine Inklusionsklasse?"

„Ja. Aber wir haben sie uns nicht ausgesucht und hatten gar keine Ahnung, welche Schüler in der Klasse sein werden." Nicole machte die Weinflasche auf, schüttete ein und fuhr nach einer kleinen Pause fort. „Die Lehrerin ist mit der Klasse überfordert und die Schüler sind gestresst. Sie kommen nur mühsam mit dem Lernstoff voran."

Ich saß schweigend da und nippte an meinem Glas. In der letzten Zeit hatte ich zahlreiche Geschichten aus dem Schulalltag gehört, die einfach zum Haareraufen waren. Nicole schaute mich fragend an.

„Was geht in den Schulen ab? Warum müssen unsere Kinder Versuchskaninchen zahlreicher Schulexperimente sein? Du bist doch Lehrerin. Kannst du mir das bitte erklären?"

Ich überlegte, was ich meiner Freundin antworten sollte. Ich war zwar eine ausgebildete Realschullehrerin, aber seit Jahren nicht mehr im Schuldienst. Nachdem meine Kinder zur Welt kamen, bin ich zu Hause geblieben und habe mich um sie gekümmert. Später, als sie aus dem Gröbsten raus waren, machte ich mich selbständig und eröffnete eine Nachhilfeschule, denn zu dem Zeitpunkt konnte man schon sehen, dass immer mehr Schüler durch das deutsche Schulsystem rasseln werden und die Nachfrage nach einer individuellen Förderung immer größer werden würde.

In diesem Moment kam Nicoles Tochter ins Zimmer und setzte sich zu uns auf die Couch.

„Kann ich umschalten? Ihr guckt ja sowieso nicht." Sie griff nach der Fernbedingung und zappte sich durch das Fernsehprogramm.

„Warte mal", Nicole nahm ihrer Tochter die Fernbedingung aus der Hand und machte lauter. Vom Bildschirm schaute Jenke von Wilmsdorff auf uns, der in verschiedenen Experimenten an sein Limit ging, um gesellschaftlich wichtige Themen aus der Perspektive der Betroffenen zu berichten. Nicole schaute mich nachdenklich an.

„Was hältst du davon, wenn wir den Sender anschreiben und ihm vorschlagen, ein Experiment in der Schule zu machen? Jenke kann live erleben, wie die Schule heutzutage funktioniert und ob die zahlreichen Reformen, die immer wieder eingeführt werden, dem deutschen Bildungssystem nutzen oder eher schaden."

„Die Idee ist gut. Aber ich glaube nicht, dass sich das verwirklichen lässt", winkte ich ab. „Man braucht eine Einverständniserklärung der Eltern, damit die Kinder gefilmt werden dürfen. Und auch die Schulen sowie die Kommunen werden ihr Gesicht nicht verlieren wollen und werden so ein Experiment nicht erlauben."

Wie saßen eine Zeit lang schweigend da und hörten Jenke zu.

„Dann musst du ran", ließ Nicole nicht locker. „Du bist Lehrerin und kannst dich auf eine Vertretungsstelle bewerben. Schau dir den Schulalltag an und berichte allen davon. Die Wahrheit muss endlich auf den Tisch. Wenn keiner etwas dagegen unternimmt, werden unsere Kinder weiterhin leiden."

Ich dachte kurz nach. Das Thema Schule beschäftigte mich als Mutter von zwei Kindern schon seit über acht Jahren. Ich hatte nicht nur viel über zahlreiche Schulreformen gehört, sondern bei den meisten von ihnen mitmachen müssen. Oft schüttelte ich dabei verärgert den Kopf und sorgte dafür, dass meine Kinder trotz dieses Wahnsinns einen vernünftigen Schulabschluss machen konnten. Und nun hatte ich die Möglichkeit, diese Schulreformen nicht nur als Mutter, sondern auch als Lehrerin zu erleben und zu beurteilen. Ich konnte herausfinden, wie ein Schulalltag mit „besonderen" Kindern aussieht und welche Unterstützung sie benötigen, um diesen Alltag zu bewältigen; welche Qualifikationen ein Lehrer mit sich bringen muss, um solchen Kindern gerecht zu werden und nicht zuletzt, ob der inklusive Unterricht funktionieren kann und unter welchen Voraussetzungen.

Endlich konnte ich Antworten auf so viele Fragen be-kommen, die mich beschäftigten und diese Chance wollte ich nutzen.

Ich verabschiedete mich von meiner Freundin und fuhr nach Hause. Noch am selben Abend entschloss ich mich, beim Experiment „Schule" mitzumachen und recherchierte im Internet nach offenen Vertre-tungsstellen.

Wer darf Vertretungslehrer werden?

In der Regel sollten Ausfallzeiten in den Schulen durch Mehrarbeit und Stundenplanänderung innerhalb des Kollegium aufgefangen werden. Leider ist dies in der Praxis aufgrund vom Lehrermangel in bestimmten Fächern und Unterbesetzung nicht möglich. Vertretungslehrer sollen dann die drohenden Unterrichtsausfälle, die durch Krankheit, Mutterschutz und Elternzeit entstehen, verhindern.

Wie sieht es mit Vertretungslehrern aus?

(Aus dem Interview mit einer Schulleiterin)

„Wir haben vor kurzem zwei Stellen ausgeschrieben. Auf eine Stelle gab es nicht eine einzige Bewerbung. Die zweite Ausschreibung brachte mehr Erfolg, worüber wir uns sehr freuten. Als wir dann die Unterlagen der Bewerberin durchgeschaut haben, waren wir total geschockt. Ich will keinem auf die Füße treten, aber wie kann man sich auf eine Lehrerstelle bewerben, wenn man gar keinen pädagogischen Background hat und bis jetzt als Diätberaterin tätig war? Der Markt ist leergefegt, und wir haben leider keine Möglichkeit die freien Stellen mit qualifizierten Bewerbern zu besetzen. Das führt dazu, dass die Schulen nur den so genannten „Grundbedarfsunterricht" durchführen können. Das ist leider zu wenig, weil das individuelle Fördern von schwachen sowie von starken Schülern auf der Strecke bleibt."

Meine erste Vertretungsstelle

Meine erste Vertretungsstelle war an einer Förderschule mit dem Schwerpunkt „emotional-soziale Kompetenz". Natürlich wusste ich, dass Kinder und Jugendliche, die solch eine Schule besuchen, Schwierigkeiten haben, ihre Umwelt angemessen wahrzunehmen. Die meisten reagieren mit Wutausbrüchen und Aggression auf die kleinste Veränderung und können sich im Klassenverband nicht unterordnen. Es war mir bewusst, dass es schwierig werden würde, solche Schüler zu unterrichten und sie für den Unterrichtsstoff zu motivieren. Aber das, was ich in der Schule erlebt habe, sprengte all meine Vorstellungskraft.

Die Schule war extrem unterbesetzt, und das Kollegium freute sich über jegliche Unterstützung. Nach einer schnellen Vorstellungsrunde wurde ich mit meinem Stundenplan vertraut gemacht. Beim ersten Hinsehen kam bei mir Freude auf. Laut Stundenplan war ich in nur zwei Klassen eingesetzt, einer sechsten und einer zehnten. In einer regulären Schule wäre so etwas nicht denkbar, da würden mindestens fünf Klassen auf dem Stundenplan stehen. Der andere Unterschied war die Fächerkombination, die viel breiter aufgestellt war als in einer Regelschule. Auf meinem Stundenplan standen Mathe, Deutsch, Englisch, Erdkunde, Biologie, Sport und Kunst. Eine Kollegin erklärte mir, dass man nach dem Prinzip einer Grundschule arbeitet.

Jede Klasse bekam eine Klassenlehrerin, die als feste Bezugsperson die Schüler in den meisten Fächern unterrichtete. Auf diese Weise konnte sie die Kinder besser kennenlernen und eine Beziehung zu ihnen aufbauen, was für die Entwicklung dieser Kinder besonders wichtig ist.

Die Klassenstärke unterschied sich auch sehr stark von dem, was mir so gut bekannt war. Statt sechsundzwanzig hatte ich nur acht bzw. elf Schüler zu unterrichten, und das schien mir machbar zu sein. Dazu kam noch, dass ich nicht immer alleine vor der Klasse stehen musste, sondern auch mal als Doppelbesetzung meine Kollegin unterstützte, indem ich leistungsschwache Schüler übernahm und meine Kollegin die leistungsstärkeren auf den Hauptschulabschluss vorbereitete. Ich war zwar keine ausgebildete Förderschullehrerin, aber ich hatte keine Zweifel daran, mit der Aufgabe spielerisch fertig zu werden. Meine Vorfreude wurde aber ganz schnell durch eine Kollegin gedämpft.

„Wenn ich dir einen Tipp geben darf", sagte sie zögernd. „Nimm immer dein Handy mit und speichere die Rufnummer von der Polizei ab… für alle Fälle."

„Wie soll ich das verstehen?", ich schaute meine Kollegin irritiert an.

„Unsere Schüler sind besonders. Manchmal kommen sie angetrunken oder bekifft zur Schule. Viele sind gewalttätig und manche haben schon einige Wochen im Jugendknast verbracht. An manchen Tagen fliegen nicht nur Bücher durch die Gegend, sondern auch Stühle und Tische. Sehr oft kommt es zu einer Eskalation zwischen den Schülern und da zieht so mancher schon mal ein Messer. In solchen Fällen musst du sofort die Polizei anrufen."

Ich schnappte nach Luft und jetzt erst fing ich an langsam zu verstehen, worauf ich mich eingelassen hatte.

Was sind die Gründe für eine Beeinträchtigung im Bereich des emotionalen Erlebens und sozialen Handels?

Lügen, rebellisches Benehmen und Auseinandersetzungen mit ihren Mitmenschen sind in einem eingeschränkten Umfang in der Entwicklung eines Kindes normal. Auf diese Weise kundschaften sie ihren Handlungsspielraum aus. Manchen Kindern gelingt es aber nicht, diese Handlungsweisen im Laufe ihrer Entwicklung unter Kontrolle zu bringen. Mögliche Gründe hierfür sind zahlreich. Es könnte das außergewöhnlich hitzige Temperament des Kindes sein oder aber der mangelnde Einsatz der Eltern, diesem Temperament mit einer entsprechenden Erziehung entgegenzuwirken. Andere Gründe können schlicht und einfach das fehlende Interesse für das Kind, Zeitmangel oder Stress sein, die dazu führen, dass das Kind die meiste Zeit sich selbst überlassen ist.

Eine solide Erziehung basiert auf wenigen Dingen: Dem Kind viel Aufmerksamkeit zukommen zu lassen, es sowohl emotional als auch sozial zu unterstützen. Optimalerweise leiden die Eltern an keinen psychischen Erkrankungen, die auf das Kind einwirken können oder Süchten, die die Eltern in solch einem Maße beanspruchen, dass sie sich nicht ausreichend um ihr Kind kümmern können. Ein weiteres wichtiges Kriterium ist die Gewaltbereitschaft im Elternhaus. In einer Umfrage gaben dreißig Prozent der

Befragten zu, zuhause gemaßregelt oder geschlagen zu werden. Etwa ein Drittel aller Kinder, die Gewalt in ihrem Elternhaus erlebt haben, geben diese selbst wieder weiter.

Klare Regeln und Abläufe im Alltag sowie eine liebevolle Zuwendung helfen den Kindern, ihre aggressiven Ausbrüche unter Kontrolle zu bekommen.

Schon wieder eine neue Lehrerin

Um meine neuen Klassen besser kennenzulernen und die Möglichkeit zu bekommen, sich den Unterricht meiner Kollegen anzuschauen und zu verstehen, was an der Behauptung „Förderschullehrer sind besondere Lehrer" dran war, beschloss ich meinen Dienst an der neuen Schule eine Woche früher anzutreten. Die meisten Kollegen hatten Verständnis und luden mich in ihren Unterricht ein, wo ich entweder hospitieren konnte oder aber auch den Unterricht aktiv mitgestalten durfte.

„Das ist unsere neue Lehrerin, Frau Peters und sie wird eure Klasse ab der nächsten Woche unterrichten. Heute ist sie als Gast hier und möchte sich den Unterricht anschauen und euch kennenlernen."

Ich stand an der Seite von meiner Kollegin, Frau Bötke, etwas aufgeregt aber voller Freude und Elan, und schaute neugierig in die Gesichter von fünf Jungs und zwei Mädchen, die ab der nächsten Woche meinen Schulalltag bestimmen werden. Die Mädchen schauten mich gelangweilt an, machten große Kaugummiblasen und ließen sie laut platzen, so dass die Kaugummimasse durch die Luft flog.

„Schon wieder eine neue Lehrerin. Bin gespannt, wie lange diese hier aushält." Ein blonder Junge mit einem sehr kurzen Haarschnitt beugte sich zu seinem Tischnachbarn hinüber und flüsterte ihm etwas ins

Ohr. Laut lachend gaben sich die Jungs die Hand und schauten mich dabei an.

„Na toll, jetzt werden auch noch Wetten abgeschlossen", dachte ich etwas nervös und steuerte einen Tisch im hinteren Bereich der Klasse an, um von da aus einen ungestörten Einblick auf die Klasse zu haben. Ich wollte meinen Schülern unvoreingenommen begegnen und hatte aus diesem Grund keine Entwicklungsberichte von ihnen gelesen, sondern lediglich mir eine Namensliste geben lassen, die nun vor mir auf dem Tisch lag und auf die ersten Einträge über die Schüler und deren Eigenschaften wartete. Die Ereignisse im Unterricht überschlugen sich aber so drastisch, dass ich ganz schnell die Namensliste vergaß und diese am Unterrichtsende immer noch leer auf dem Tisch lag.

Bebrilltes Saxophon

Die kleine Begrüßungsrunde, die den Schülern einen sanften Übergang von Zuhause zum Schulalltag vermitteln sollte, war zu Ende und Frau Bötke verteilte Arbeitsblätter zum Thema „Deutsche Bundesländer", welche die Schüler in kleinen Gruppen bearbeiten sollten. Der Referendar Martin warf schnell einen Blick an die Diensttafel.

„Thorsten, du hast Bücherdienst. Holst du bitte schon mal die Atlanten? Wir werden sie heute brauchen."

Ein kräftiger Junge mit einem runden Gesicht und fehlender Mimik erhob sich lautlos und bewegte sich vorsichtig zum Bücherschrank, wo in Reih und Glied aufgestellte Atlanten auf ihren Einsatz warteten.

Thorsten war der Klassenbeste in Erdkunde. Länder, Flüsse und Gebirge: das war seine Welt. Stundenlang konnte er an einer Wandkarte stehen und sich zahlreiche Namen merken, um anschließend einem Lehrer Löcher in den Bauch zu fragen. Bei allen Quizrunden war er ein gern gesehener Mitspieler und die Klassenkameraden rissen sich darum, ihn in ihrem Team zu haben. Leider bekam Thorsten das nicht mit, weil er die ganze Zeit mit sich selbst beschäftigt war. Seine Minderwertigkeitskomplexe erdrückten ihn und trübten seine Wahrnehmung. Er wirkte immer niedergeschlagen und antriebslos; fühlte er sich aber angegriffen, verwandelte er sich rasch in einen wütenden Teenager, der seinen Frust durch Geschrei und Weinen zum Ausdruck brachte. Obwohl er den anderen Kindern körperlich nicht unterlegen war, mied er jegliche gewaltsame Auseinandersetzung und versteckte sich am liebsten hinter dem Rücken einer Lehrerin, wo er aus einer sicheren Entfernung mit seinen geballten Fäusten herumfuchtelte und seine Mitschüler derbe beleidigte. Selbst einiges einstecken zu können war nicht seine Stärke und so fühlte er sich immer von den anderen angegriffen und missverstanden.

Thorsten   glänzte auch dieses Mal mit seinem Wissen und erledigte alle Aufgaben zur Freude seiner Mitschüler sicher und zügig.

„Wie habt ihr denn so schnell alle Lösungen gefunden?", erstaunt blieb Frau Bötke am Tisch stehen und warf einen kurzen Blick auf das Arbeitsblatt.

„Thorsten weiß alles. Da mussten wir nicht mal im Atlas nachschauen." Tobias klopfte Thorsten auf die Schulter und brachte ihn in Verlegenheit.

„Es ist wirklich erstaunlich, wie viel du über Deutschland und andere Länder weißt, Thorsten. Einfach klasse", Frau Bötke malte einen Smiley aufs Blatt und schaute die Schüler an. „Lasst uns ein Spiel machen!"

„Ach nee, was denn noch?", Tobias schlug sein Buch zu und klopfte genervt auf die Tischkante. Die Stimmung drohte zu kippen und Frau Bötke musste schnell reagieren, um den anderen den Wind aus den Segeln zu nehmen und vom Motzen abzuhalten.

„Das Spiel geht so: ich nenne ein Bundesland und werfe den Ball zum Beispiel Thorsten zu. Thorsten nennt die Hauptstadt dieses Bundeslandes und stellt die nächste Frage. Es werden fünf Runden gespielt, für jede richtige Antwort gibt es einen Punkt."

„Das schaffe ich nie im Leben." Mehmet, der keine Leuchte in Erdkunde war, sprang sofort auf und zerknüllte sein Arbeitsblatt.

„Wir machen es zusammen, Mehmet, keine Sorge." Frau Bötke strich das Arbeitsblatt mit ihrer Hand gerade und legte es auf den Tisch.

„Ich kann auch helfen." Referendar Martin, der bis jetzt am Fenster stand, holte sich einen Stuhl und wollte sich schon zu dem Schüler setzten, als Tim halblaut dazwischenrief.

„Bebrilltes Saxophon kann auch etwas! Dann lass mal hören!"

Martin blickte unsicher zu Frau Bötke, und bevor sie irgendeine Antwort geben konnte, sprang Tim auf, fasste sich an seine Genitalien und stöhnte obszön.

„Mein Saxophon, mein Saxophon, oh ja!", dabei öffnete er seine Hose und steckte eine Hand hinein.

„Was erlaubst du dir eigentlich?" Martin bewegte sich langsam auf den Schüler zu und versuchte, die Kontrolle über seine Stimme zurückzuerlangen, die plötzlich mitten im Satz zur Freude aller Schüler brach und somit für lautes Gelächter sorgte.

„Tim, du bist auf Rot", verkündete Frau Bötke laut und verschob die Wäscheklammer mit seinem Namen auf der Verhaltensampel ganz nach oben, anschließend zeigte sie mit ihrem Finger auf die Tür. „Verlasse sofort den Klassenraum!"

Tim merkte schnell, dass seine Lehrerin ihm diesen Fehltritt nicht durchgehen lassen wird und unternahm alles, um seinen Kopf doch noch aus der Schlinge zu ziehen. Eigentlich wollte er nur eine kurze Zwischenbemerkung loswerden und merkte sofort, dass sie den Referendar schwer traf. Tim sah den angehenden Lehrer seine Brille unsicher gerade rücken, hörte aufgeregte Zurufe von den Mitschülern und plötzlich gingen die Pferde mit ihm durch. Unverhofft war er derjenige, der das Sagen hatte und über die Anderen bestimmte; derjenige, der nicht verspottet wurde, sondern selbst einen an den Pranger stellten konnte, und die Tatsache, dass das Opfer eine Lehrkraft war, gab ihm einen zusätzlichen Kick und ließ ihn über sich hinaus wachsen. Dieses Gefühl der Macht hielt allerdings nicht lange an und Tim wurde schon kurz darauf auf den Boden der Realität zurückgeholt.

„Alta, es war nur Spaß, ich wollte das Saxophon nicht beleidigen", seine Stimme klang friedlich und er war kurz davor, sich beim Referendar zu entschuldigen, als er im nächsten Moment bemerkte, wie Mehmet seine Augen rollte und Jacqueline ihm durch die vor den Mund gehaltene Hand zuflüsterte: „Pussi!"

Sofort spürte er seine Wut wieder in sich aufsteigen und sein Gesicht versteinerte sich. Nein, das konnte er nicht zulassen! Eine Schwäche vor der Klasse zu zeigen gliche einem Selbstmord und würde sofort seine so hart erarbeitete Stellung in der schwierigen Klassenhierarchie zunichtemachen. Er war immer darauf bedacht, den anderen zu beweisen, kein Feigling und kein Opfer zu sein und durfte gerade jetzt keine Schwäche zeigen.

Mit einem Sprung näherte er sich dem Referendar und packte ihn am Kragen.

„Willst du was auf die Fresse?"

Weder Martin, noch Frau Bötke, noch ich hatten mit so einer Wendung gerechnet. Verkrampft stand Martin mit dem Rücken zur Tafel. Die Schüleraugen hafteten neugierig und gespannt auf dem Referendar und keiner bekam mit, wie Frau Bötke kurzerhand den Klassenraum verließ und wenige Minuten später in Begleitung von Herrn Schmidt zurückkam.

„Tim, du kommst jetzt in meine Klasse!" Herr Schmidt legte seine Hände von hinten auf die Schultern des Teenagers und zog ihn an sich. Tim schaute verwirrt ins Gesicht des jungen Mathelehrers, ließ vom Referendar ab und folgte wortlos Herrn Schmidt aus der Klasse.

Martin atmete tief aus, wischte seine feuchten Handflächen an der Hose ab und fing dankbar einen aufmunternden Blick von Frau Bötke ein. Kurz darauf brachte die heißersehnte Pause eine kleine Auszeit in so einem unberechenbaren Nervenkrieg.

Förderbedarf ES
(emotional – soziale Kompetenz)

Kinder mit Förderbedarf ES *(emotional-soziale Kompetenz)* können ihre Kompetenzen nicht richtig einschätzen. Häufig über- bzw. unterschätzen sie ihre Möglichkeiten und Fähigkeiten. Die Konsequenz ist, dass sie Anforderungen ausweichen, sich ein übersteigertes Selbstbewusstsein oder Statusdenken aneignen, Machtfantasien oder Traumwelten entwickeln.

Aggressive, regressive oder introvertierte Verhaltensweisen entwickeln sich durch verschiedene Einflüsse wie das Erleben von Angst oder Hilflosigkeit, dem Alleingelassenwerden, Armut und sozialer Ausschluss. Aber auch emotionale Überforderung und sexueller Missbrauch kann zu Veränderungen von Verhaltensweisen führen. Die betroffenen Kinder finden selbst keinen Ausweg aus den sich überlagernden und verstärkenden Problemen. Andererseits lehnen sie Hilfsangebote wie auch gezielte Förderung ab oder diese sind ihnen gleichgültig.

Referendar

Ich schaute den Schülern zu, die eilig den Klassenraum verließen und versuchte das gerade Erlebte zu verarbeiten. In meinem ganzen Berufsleben als Lehrerin und Integrationshelferin habe ich keine vergleichbare Situation erlebt. Ich versuchte mir vorzustellen, wie ich in einer vergleichbaren Lage reagiert hätte und musste mir gestehen, dass ich mit der Situation komplett überfordert gewesen wäre. Betrübt beobachtete ich den Referendar, während er seine Tasche packte und verstohlene Blicke zu mir und Frau Bötke warf. Ich schüttelte den Kopf. „Kommt es oft zu solchen Entgleisungen?"

Frau Bötke blieb mitten im Klassenraum stehen und holte tief Luft.

„Leider ja. Und das eigentliche Unterrichten bleibt wie so oft auf der Strecke, weil wir uns fast die ganze Zeit mit Verhaltensproblemen unserer Schüler auseinander setzen müssen."

Das Lehrerzimmer füllte sich langsam, und hier und da war ein leises Plaudern oder Lachen zu hören. Der Kaffeeduft verbreitete sich blitzschnell in der Luft und sammelte die nach Kaffee süchtigen Kollegen neben der Kaffeemaschine. Ich schenkte mir auch einen großen Kaffee ein, überlegte kurz, machte schnell noch einen Becher voll und steuerte auf Martin zu, der nachdenklich am Fenster stand.

„Hey, magst du einen Kaffee?".

„Danke", Martin setzte den Becher an, stellte ihn aber im nächsten Moment wieder ab und schaute mich an.

„So habe ich es mir nicht vorgestellt."

„Meinst du die Arbeit in der Schule?"

Martin antwortete nicht, sondern starrte regungslos aus dem Fenster. Ich überlegte kurz und wollte mich schon zurückziehen, um dem Referendar Zeit zum Nachdenken zu geben, als er plötzlich anfing zu erzählen: von ihm und seinem Berufswunsch, vom Studium und davon, wie überfordert er mit der ganzen Situation war.

Nach seinem Abitur wusste er ganz genau, dass er bald in die Schule zurückkehren würde und zwar als Lehrer. Noch in seiner Schulzeit hörte er pädagogisches Blut in seinen Adern pochen und kümmerte sich um lernschwächere Kids. In seiner Freizeit leitete er eine Pfadfindergruppe und war besonders von den „kantigen" Kindern angetan. Viele von ihnen stammten aus sozialschwachen Familien und mussten sich ziemlich früh ein dickes Fell zulegen, um in dieser harten Welt überleben zu können. Solche Kids konnten nur sehr schwer Vertrauen zu anderen aufbauen und ließen kaum jemanden an sich heran. Und desto mehr Freude bereitete es Martin, als sie doch noch an einem Lagerfeuer ihre harte Schale ablegen konnten, und ein weicher Kern zum Vorschein kam. Damals hatte er beschlossen, Sonderpädagogik zu studieren, um später Problemkids auf dem Weg in ein besseres Leben zu begleiten. Wie viel Idealismus muss ein junger Mann besitzen, um auf solch eine Idee zu kommen!

Und nun war er an seiner ersten Schule und musste schnell feststellen, dass das Lehramtsstudium oft fernab der Realität verlief. Die ganzen Vorlesungen und Seminare der letzten Jahre hatten ihn zwar gut fachlich vorbereitet, und er beherrschte sein Fach bestens. Aber was nützten ihm all seine Fachkenntnisse, wenn die Schüler von Anfang an kein Interesse zeigten und einen jungen Referendar nicht ernst nahmen. Seine Körpergröße und seine Statur verschafften ihm auch kein Respekt, und sobald er sich unter die Schüler mischte, hob er sich kaum von diesen ab.

Nicht mal seine ordentliche Kleidung und gepflegtes Äußeres, worauf Martin sehr viel Wert legte, und sein Namensschild, das deutlich an seiner Brust angebracht war, konnten die Schüler dazu bewegen, ihn bei seinem Nachnamen anzusprechen. Für sie war er lediglich „behindertes bebrilltes Saxophon".

Was er mit einem Saxophon zu tun hatte, konnte er sich beim besten Willen nicht erklären. Schon am ersten Schultag rief ein Junge hinter ihm her: „Saxophon!" und alle Schüler fanden es recht lustig. Seitdem haftete dieser Spitzname an ihm. Trotz seiner guten Leistungen an der Universität verstand Martin, dass er auf viele Problemsituationen in der Schule nicht vorbereitet war und stieß sehr schnell an seine Grenzen.

„Wie war es bei euch?", traurig schaute Martin zu mir und Frau Bötke rüber.

„Meinst du die Referendarzeit?" Frau Bötke gab zwei Zuckerwürfel in den Kaffee und rührte vorsichtig um, um nicht zu verschütten.

„Ja, hattest du auch Schwierigkeiten reinzukommen oder liegt es nur an mir?"

Frau Bötke hielt ihren Becher mit beiden Händen fest, als ob sie ihre Finger am heißen Kaffee wärmen wollte und erzählte von der Zeit, die von Unsicherheit und Spannung gekennzeichnet war; von der Zeit, die sie viele Nerven gekostet hatte und sie manchmal in den Wahnsinn getrieben hatte; von der Zeit, in der sie nach einem stressigen Schultag, zahlreichen Vor- und Nachbereitungen, Korrekturen und umfangreichen Hausaufgaben irgendwann endlich im Bett lag und sich den Kopf an der Frage fast zerbrochen hatte, ob es nur an ihr liegen würde, dass die Schüler ihren Unterricht so massiv sabotierten. Zahlreiche schlaflose Nächte wurden der Suche nach einer rettenden Lösung geopfert, und Frau Bötke zweifelte schon an sich selbst, bis sie sich einer Kollegin anvertraute. Erstaunlich aber zugleich erleichtert musste sie feststellen, dass viele Kollegen das gleiche Martyrium hinter sich hatten. Es tat gut zu wissen, dass es anderen ähnlich ging, und man nicht automatisch zum Scheitern verurteilt war.

Ein müdes Lächeln huschte über Frau Bötkes Lippen. Sie schob sich eine lange Haarsträhne aus dem Gesicht und schaute Martin an.

„Damals trat ich den Job mit viel Idealismus an und war mir sicher, Berge versetzen zu können. Ich war überzeugt von mir und von meiner Berufswahl, bis eines Tages alles zusammenbrach." Frau Bötke stellte ihren Becher ab, holte tief Luft und setzte fort. „Eine Schülerin brachte mich an den Rand der Verzweiflung, sodass ich meinen Traumberuf beinahe aufgegeben hätte."

„Was ist passiert?"

„Es war eine neunte Klasse, die plötzlich ohne Klassenleitung da stand, weil die Klassenlehrerin schwer erkrankt war. Und so übernahm ich gezwungener Maßen alle Unterrichtsstunden der Kollegin, wovon diese Schülerin nicht begeistert war. Zuerst konnte ich nicht verstehen, woran es lag. Ich habe mir richtig viel Mühe gegeben, um den Unterricht interessant zu gestalten, reduzierte den Frontalunterricht bis aufs Minimum und führte verschiedene neue Arbeitstechniken ein. Aber dieses Mädchen schaffte es jedes Mal, meine Stunde zu sprengen. Sie war nicht viel jünger als ich damals und nahm mich von Anfang an nicht ernst."

„Das kenne ich. Egal was ich mache und wie ich mich bemühe, das Ergebnis ist gleich. Ich werde ausgelacht und provoziert."

„Sie testen dich aus, um deine Schmerzensgrenze zu finden. Wahrscheinlich weißt du noch aus deiner Schulzeit, dass ein neuer Lehrer verschiedenen Proben unterzogen wird. Bei unserer Schülerschaft ist es nicht anders, sondern durch viele psychische Probleme und die familiäre Situation sogar noch extremer."

„Wie bist du damit umgegangen?"

„Man darf es nicht persönlich nehmen. Zieh sofort eine klare Grenze zwischen Dir als Person und Dir als Lehrer. In den meisten Fällen reden die Schüler nicht mit dir persönlich, sondern mit dem Lehrer."

„Wurdest du derbe beleidigt?"

„Ja, wie gesagt, eine Schülerin hat mir damals viele Kopfschmerzen bereitet. Sie war sehr vorlaut, aufmüpfig und ständig auf der Suche nach einem Streit. Als ich sie direkt angesprochen habe und nach einem Grund für ihr Verhalten gefragt habe, erklärte sie mir, sie fand mich einfach Scheiße und wollte meine dämliche Visage nicht jeden Tag sehen müssen. Sie kündigte auch an, mich so lange fertig zu machen, bis ich freiwillig gehe. Nach so einem Gespräch war ich sehr bestürzt und wusste nicht weiter. Im Vertrauen erzählte ich es einer älteren Kollegin und hoffte auf ihr Verständnis. Glücklicherweise nahm sie mich sofort ernst und kündigte ein klärendes Gespräch an. Nebenbei erfuhr ich auch die Ursache für das Verhalten der Schülerin." Frau Bötke schaute auf die Uhr, nahm einen Schluck Kaffee und fuhr fort.

„Das Mädchen hieß Jana und ging in die achte Klasse. Sie wohnte zu diesem Zeitpunkt bei ihrem Vater, als dieser bei einem Autounfall ums Leben kam. Zu der Mutter hatte sie wenig Kontakt, weil diese glücklich in einer neuen Beziehung war und keine Zeit für ihre Tochter hatte. Mit dem Tod des Vaters brach für Jana die ganze Welt zusammen, und als sie nach der Beerdigung in die Obhut ihrer Mutter kam, wurde aus dem mal fröhlichen Mädchen ein verschlossener und trauriger Teenager. Die Fehlzeiten in der Schule häuften sich, wurden aber von der Mutter als Kranktage fleißig gemeldet. In der Schule fiel Jana nicht nur durch ihr Verhalten auf, sondern auch durch ihre Müdigkeit und Gewichtsabnahme. Die Klassenlehrerin suchte das Gespräch mit dem Mädchen und kontaktierte die Mutter, stieß aber schnell auf eine Mauer des Schweigens. Und als sie einmal Jana zu Hause besuchen wollte, stellte sich der neue Freund der Mutter ihr in den Weg und verwehrte den Eintritt. An diesem Tag bekam sie Jana nicht einmal zu Gesicht und musste nach einem kurzen Gespräch im Treppenhaus wieder gehen. Am Tag darauf fehlte Jana wieder, und die Lehrerin kontaktierte voller Verzweiflung das Jugendamt. Als sie einige Tage später die Schule verließ und sich wieder auf den Weg zu Janas Mutter machte, um erneut ein Gespräch zu suchen, lief ihr das Mädchen weinend entgegen.

Erschüttert erfuhr die Lehrerin, dass Jana jeden Tag von der Mutter und ihrem Freund im Kinderzimmer eingesperrt wurde. Jeglicher Kontakt zu den Mitschülern und anderen Verwandten war untersagt, die einzige Ausnahme war die Schule, die das Mädchen besuchen durfte. Die Tür im Kinderzimmer wurde schnell mit einer Katzenklappe nachgerüstet, durch die sowohl der Wassernapf als auch das Essen durchgereicht wurden. Für den alltäglichen Bedarf reichte ein stinkender Eimer im Zimmer. Die Angst vor dem Freund der Mutter und die Scham waren so groß, dass der verstörte Teenager sich keinem anvertrauen wollte.

Der Besuch der Lehrerin und der Anruf vom Jugendamt machten den Lebensgefährten der Mutter wütend und er erklärte, dass sie ausziehen würden, und Jana nie wieder in die Schule gehen dürfe. Und als er die eingepackten Taschen zum Auto tragen wollte und die Tür offen ließ, stürmte sie aus der Wohnung hinaus und lief wirr durch die Gegend.

Jana wurde in einer Wohngruppe untergebracht, mied aber weiterhin alle Gespräche. Der Kontakt zu den anderen erwies sich als sehr schwierig, weil Jana zunehmend aggressiver wurde und nicht nur sich selbst, sondern auch ihre Mitbewohner verletzte. Die einzige Bezugsperson war die Klassenlehrerin, die die

Schülerin soweit es ging unterstützte. Zusammen schauten sie sich einen Sportverein für Leichtathletik an, wo Jana sofort alle durch ihr Können begeisterte. Und natürlich war die Klassenlehrerin bei allen Wettkämpfen dabei, jubelte dem Mädchen zu, und anschließend feierten sie zusammen den Sieg in einem Eiscafe. Und als Jana sich zum ersten Mal verliebte, war die Klassenlehrerin die erste, die in dieses Geheimnis eingeweiht wurde. Die Welt schien wieder in Ordnung zu sein, und alle freuten sich mit dem Teenager, der sehr darum bemüht war, einen Hauptschulabschluss zu machen und eine Lehre anzufangen. Bis eines Tages die Diagnose Krebs die Klassenlehrerin ins Krankenhaus brachte, und Jana sich wieder einsam und verlassen fühlte."

Frau Bötke holte sich einen zweiten Kaffee und fuhr fort.

„Zu diesem Zeitpunkt übernahm ich die Klasse und bekam die ganze Wut und Verzweiflung des Mädchens zu spüren, das unter Verlustängsten und Panikattaken litt. Sie war nicht bereit, eine neue Bindung einzugehen und sah in mir den Feind, der die Stelle ihrer so heiß geliebten Klassenlehrerin einnahm. Verzweifelt beschloss sie, diese Stelle für die Lehrerin freizuhalten, in der Hoffnung, dass sie doch bald zurückkommen würde. Demzufolge musste ich weg. Natürlich war ihre Lebensgeschichte keine Entschuldigung für das Verhalten, das sie an den Tag legte und mich langsam in den Wahnsinn trieb, aber es half mir, die Schülerin zu verstehen und nach neuen, nicht ordinären Lösungen zu suchen. Wir backten zusammen einen Kuchen und besuchten die Klassenlehrerin im Krankenhaus. Und als sie den Kampf gegen Krebs doch verloren hatte, fragte Jana mich entschlossen, ob ich ihr helfen würde, einen guten Schulabschluss zu schaffen, damit sie eine Ausbildung zur Krankenschwester machen könne."

Frau Bötke schaute Martin traurig an.

„Viele von unseren Schülern haben ein schweres Schicksal. Viele von ihnen sind sexuell oder körperlich missbraucht, sind sich selbst überlassen und kämpfen ums reine Überleben. Es tut sehr weh zu wissen, was sie alles erlebt haben."

„Wie gehst du damit um?", wollte ich wissen.

Frau Bötke lächelte traurig und zeigte auf ihre Tasche, die mit verschiedenen Tüten prall gefüllt war.

„Ich weiß, dass es falsch ist, sich den Frust von der Seele zu essen. Sicherlich gibt es andere Möglichkeiten. Viele Kollegen bringen zum Beispiel ihre Sportsachen mit und fahren direkt nach der Schule ins Fitnessstudio. Ich bin aber schon zu alt für so was." Sie holte aus ihrer Tasche eine Schokolade, hielt sie eine kurze Zeit in der Hand und warf sie anschließend in einen Mülleimer.

„Ja, definitiv zu alt für das Fitnessstudio", wiederholte sie müde und verließ das Lehrerzimmer.

Die Sozialpädagogin

Die laute Schulglocke kündigte die nächste Stunde an und brachte sowohl Schüler als auch Lehrer in Bewegung. Die einen betraten lässig das Schulgebäude, die anderen verließen schnell das Lehrerzimmer, um schlussendlich in einem Klassenzimmer aufeinander zu treffen und einen neuen Kampf auszufechten.

Ich blieb im Lehrerzimmer sitzen und wartete auf die Sozialpädagogin, mit der ich mich für die nächste Unterrichtsstunde verabredet hatte. Kurze Zeit später steckte sie ihren Kopf durch die Tür und lächelte mich freundlich an:

„Hast du etwas dagegen, wenn wir in mein Büro gehen? Ich muss noch eine Ampel reparieren."

„Eine Ampel? Seit wann sind die Sozialpädagogen auch für den Straßenverkehr zuständig?"

„Wenn es nach unseren Politikern gehen sollte, dann würden wir bestimmt schon bald auch diesen Bereich übernehmen müssen. Ständig kommen sie mit einer neuen Idee um die Ecke, die noch verrückter ist als die vorherige. Und wir haben schon bei der letzten gedacht, es kann nicht schlimmer kommen." Die Sozialpädagogin blieb abrupt stehen und schaute mich an. „Doch, es kann. Davon überzeugen wir uns immer wieder aufs Neue und müssen das ausbaden, was ganz oben verbockt wurde. Wir sind lediglich einfache

Schachfiguren auf dem Spielbrett, und das Spiel wird oben gespielt."

Das kleine Büro von der Sozialpädagogin war sehr gemütlich eingerichtet: modern gestrichene Wände in hell grün und beige, farblich abgestimmte Möbel und Accessoires.

„Ein tolles Büro", ich schob einen kleinen modernen Sessel an den Tisch und ließ mich darin fallen.

„Danke", die Sozialpädagogin holte eine Wäscheklammer und buntes Papier aus dem Schrank und setzte sich zu mir. „Mein Freund hat mir dabei geholfen. Er hat die Wände gestrichen und ich habe mich um die Einrichtung gekümmert. Als wir dann fertig waren und eine kleine Einweihungsparty für das Lehrerkollegium organisierten, bekam ich einen Teil des Geldes vom Schulleiter zurück."

Während die Sozialpädagogin darüber erzählte, beklebte sie die Wäscheklammer mit einem Papierstreifen und schrieb den Namen Chantale mit einem dicken Edding darauf. Anschließend kümmerte sie sich um die stark beschädigte Ampel aus Karton, die in viele Teile zerrissen war.

„Was ist mit der Ampel passiert?"

„Chantale aus der zehnten Klasse ist heute richtig ausgetickt."

Ein ungutes Gefühl überkam mich und ließ mich für eine kurze Zeit verstummen. Es ging schon wieder um die Klasse, die ich ab der nächsten Woche unterrichten sollte, und schon wieder fragte ich mich, ob ich die Schüler in Griff bekomme, wenn sogar ausgebildete und erfahrene Förderschullehrer an der Klasse scheiterten. Bestürzt dachte ich an zahlreiche Gespräche mit den Kollegen, die diese Klasse als eine sehr schwierige und kaum kontrollierbare beschrieben und nur ungern dort die Vertretung übernahmen. Der Grund dafür war die explosive Mischung von den Schülern, sechs von denen mit dem Schwerpunkt „Emotional soziale Kompetenz" und die anderen vier mit dem Schwerpunkt „Lernen". Dazu kam noch, dass ein Schüler den Jugendknast schon von innen gesehen hatte und deswegen eine höhere Position in der Klassenhierarchie einnehmen wollte.

Chantale war das einzige Mädchen in der Klasse und erst seit Anfang des Schuljahres an dieser Förderschule. In ihrer früheren Schule fiel sie durch ein extrem aggressives Verhalten auf, verletzte ihre Mitschüler und beleidigte die Lehrer. Als sie dann einer älteren Kollegin im Sportunterricht die Hose heruntergezogen hatte, wurde sie für zwei Wochen vom Unterricht suspendiert und kam anschließend auf eine Förderschule, um in einer kleinen Gruppe ihr Sozialverhalten unter die Lupe zu nehmen und daran zu arbeiten.

Aber auch in ihrer neuen Schule missachtete sie alle Regeln, setzte sich über alles hinweg und zerstörte böswillig das Schulmaterial. So war es auch in der letzten Stunde, als Frau Schäfer die Hausaufgaben an die Tafel geschrieben hatte und gerade dabei war, sie ihrer Klasse noch einmal zu erklären, wurde sie durch Chantales lautes Lachen unterbrochen. Kaum konnte Frau Schäfer etwas sagen, stand die Schülerin, frech grinsend, an der Tafel und wischte schnell die gerade angeschriebenen Hausaufgaben mit einem Lappen von der Tafel weg. Dann drehte sie sich langsam zu ihrer Lehrerin und machte eine große Kaugummiblase in ihr Gesicht.

„Du bist auf Gelb", die Lehrerin nahm die Wäscheklammer mit Chantales Namen darauf und befestigte sie an der Verhaltensampel.

„Du kannst mich", Chantale drehte sich von der Lehrerin weg und klopfte sich auf ihr gut geformtes Hinterteil. Die Jungs grinsten und feuerten sie durch laute Zurufe an. Und als Frau Schäfer die Hausaufgaben erneut an die Tafel geschrieben hatte, schnappte sich Chantale den Schal der Lehrerin, der auf dem Lehrerpult lag, und wischte damit die Hausaufgaben erneut weg.

Die Klasse konnte sich vor Lachen kaum halten und Chantale erntete erneut einen lauten Applaus.

„Du bist auf Rot, Chantale. Verlasse sofort den Klassenraum." Frau Schäfer verschob die Wäscheklammer auf rot und deutete auf die Tür.

„Was ist, wenn ich nicht gehe?" Die Schülerin verschränkte die Arme und legte ihre Füße auf den Tisch.

„Dann müssen die anderen gehen", mischte sich die Sozialpädagogin ein, die in dieser Klasse als Doppelbesetzung eingesetzt war und die schwächeren Schüler beim Lesen und Rechnen unterstützte.

„Wenn Chantale der Meinung ist, ihren Kopf durchsetzen zu müssen, gehen wir in mein Büro und machen den Unterricht dort."

„Und wenn wir nicht mitkommen?" kam eine tiefe Stimme von der hinteren Reihe.

„Dann seid ihr auch auf Rot und müsst mit Konsequenzen rechnen." Die Sozialpädagogin schaute die Schüler herausfordernd an und fing an, ihre Tasche zu packen.

„Ist schon gut", mischte sich Chantale ein, „ich gehe ja schon." Betont langsam stopfte sie ihre Sachen in die Tasche und setzte sich gemütlich in Bewegung. An der Tafel blieb sie aber kurz stehen, schnappte sich die Wäscheklammer mit Ihrem Namen und zerbrach sie in zwei Teile. Dann zerriss sie die Verhaltensampel in kleine Stücke, verteilte sie auf dem Lehrerpult und verließ den Klassenraum mit einem lauten Türknall.

Während die Sozialpädagogin über den Vorfall in der letzten Stunde berichtete, bastelte sie an der neuen Verhaltensampel fleißig weiter. Anschließend fegte sie kleine Papierschnipsel mit der Hand in einen Papierkorb und brachte die Kartonreste in den Schrank. An der Kaffeemaschine blieb sie kurz stehen und schaute mich an: „Magst du einen Kaffee?" Kurz darauf stellte sie zwei Becher auf den Tisch und setzte sich zu mir.

„Nächste Woche stehe ich alleine vor der Klasse".

„Hast du Angst?" Die Sozialpädagogin musterte mich eine Zeit lang, während sie nachdenklich ihren Kaffee umrührte und einen kräftigen Schluck nahm.

Ich stellte meinen Becher ab und dachte kurz nach.

„Nein. Ich freue mich darauf, aber ich bin keine ausgebildete Förderschullehrerin und habe keine Erfahrung mit verhaltensauffälligen oder lernbehinderten Kindern. Die letzten Tage in der Schule haben mir gezeigt, wie hart der Schulalltag mit solchen Kindern ist, und ich habe einen enormen Respekt vor dem, was die Kollegen hier leisten."

„Wenn du einen Rat brauchst oder einfach jemandem von dem Erlebten erzählen möchtest, bin ich für dich da." Die Sozialpädagogin lächelte mich aufmunternd an und klopfte mir leicht auf die Schulter.

Die Unterstufe

Am nächsten Tag wollte ich mir die Unterstufe anschauen und hoffte, dass der Unterricht dort ruhiger verläuft und ich etwas mehr von der Unterrichtsgestaltung als von den erzieherischen Maßnahmen wie in den Tagen zuvor mitbekommen würde.

Kurz vor halb neun ging ich zum Klassenraum, den mein Kollege schon aufgeschlossen hatte und setzte mich zu den Grundschülern, die sich immer noch in ihre warmen Jacken einkuschelten und sich bereits auf den warmen Tee freuten, den Herr Winkel für sie kochte. Ein kleiner schwarzhaariger Junge holte bunte Plastikbecher aus dem Schrank und stellte sie auf den Tisch.

„Wir haben keine Plätzchen mehr". Das Mädchen mit einem übergroßen Strickpullover hielt eine leere Keksdose in den Händen und zog die Nase hoch.

„Warte einen Moment". Herr Winkel holte seine weiße Stofftasche unter dem Lehrerpult hervor und zauberte daraus nicht nur eine neue Keksdose, sondern auch einige Päckchen Süßigkeiten, die er am Abend zuvor für seine Klasse gekauft hatte. Die Kinder sprangen vor Freude und klatschten in die Hände.

„Leise Kinder, der Unterricht hat schon begonnen. Wir wollen die anderen nicht stören. Tom, kannst du bitte die Tür zumachen?" Herr Winkel schaute das Kind an, das unbeteiligt in einer Ecke des Klassenraumes stand und mit seinen Locken spielte.

„Nee", der Junge drehte sich vom Lehrer weg und schaute gelangweilt aus dem Fenster.

„Warum nicht?" Herr Winkel hörte auf, die einge-
kauften Sachen in den Schrank einzuräumen und wartete auf seine Antwort.

„Halt eben nee", der Junge schüttelte verärgert den
Kopf und seine Locken machten einen wilden Tanz.
„Warum darf der Penner da immer noch draußen
spielen und wir nicht?"

Herr Winkel schaute aus dem Fenster und entdeck-
te einen Schüler, der sich hinter einem Busch ver-
steckt hatte.

„Er hat bestimmt die Schelle nicht gehört, aber wir
klären das sofort", versuchte Herr Winkel den aufgebrachten Tom zu beruhigen.

„Die Schelle nicht gehört? Das glaubst nur du!"

Tom machte einen Sprung Richtung Tür, blieb
aber plötzlich stehen, als ob er etwas gesehen hätte.
Schnell drehte er sich um und ging auf das Mädchen
mit der Keksdose zu, die in den letzten Minuten mit
dem Sortieren von Keksen beschäftigt war und von
der lauten Auseinandersetzung nicht viel mitbekam.
Und als sie endlich fertig war und stolz von der Keksdose aufsah, stand plötzlich Tom vor ihr. Schützend
legte sie ihre Hand auf die Dose, damit er bloß nicht
auf den Gedanken kam, jetzt schon zu zugreifen. In
der nächsten Sekunde aber spürte sie einen wuchtigen
Schlag auf die Dose, zuckte zusammen und ließ los.

Die Dose machte einen hohen Salto in der Luft und landete anschließend auf dem Boden.

Entsetzt sahen die Kinder den kleinen Keksen zu, die über den schmutzigen Boden kullerten. Und als ob es nicht genug wäre, verpasste Tom dem Tisch mit dem Tee darauf einen kräftigen Tritt. Der Tisch kippte um, und der Tee verteilte sich blitzschnell über den ganzen Boden. Die Kekse saugten sich mit der warmen Flüssigkeit voll und wurden zur ekeligen dunklen Masse. Das laute Weinen des Mädchens und das unheimliche Lachen von Tom unterbrachen die Stille.

Immer wieder versuchte Herr Winkel den Jungen zu beruhigen, der sich nun unter einem Tisch versteckte und von dort aus laut schrie und seinen Kopf gegen den Boden schlug.

Ich schaute dem Ganzen entsetzt zu und das Gefühl, eine Lehrerin zu sein und in einer Schule zu arbeiten, verließ mich ganz schnell. Die letzten Tage, die ich in dieser Schule verbracht hatte, ähnelten einem Aufenthalt in einer geschlossenen Psychiatrie: schreiende Kinder, die sich gegenseitig verletzten und die Schulmöbel klein hackten, zahlreiche Polizeieinsätze auf dem Schulhof und mitten drin meine Kollegen, manche entmutigt und verzweifelt, die anderen noch voller Kraft und Hoffnung, die Welt ändern zu können. Jeder kämpfte auf seine Art und Weise und freute sich über auch so einen klitzekleinen Erfolg. Ich bewunderte meine Kollegen, die in dieser kurzen Zeit mal Erzieher, mal Psychologe und mal Sozialpädagoge sein mussten und bedauerte, dass der eigentliche Beruf, der Beruf des Lehrers, in dieser Schule zu kurz kam.

Der Einbruch

Die erste Kennenlernwoche verging sehr schnell und ich durfte ab sofort alleine vor der Klasse stehen, worüber ich mich einerseits freute, andererseits aber ein mulmiges Gefühl nicht unterdrücken konnte.

An meinem ersten Schultag war ich so aufgeregt, dass ich es zu Hause kaum aushalten konnte. Und obwohl die Uhr deutlich zeigte, dass es für das alltägliche Getümmel viel zu früh war, setzte ich mich ins Auto und fuhr zur Schule. Es war noch dunkel, als ich dort ankam. Ich stellte mein Auto auf dem Lehrerparkplatz ab und kontrollierte, ob alle Türen abgeschlossen waren. Wegen des Frostes funktionierte die Zentralverriegelung nicht immer, und es kam schon mal vor, dass eine Tür offen blieb. Auch diesmal musste ich mit dem Autoschlüssel nachhelfen. Durch das kleine Tor betrat ich dann den Schulhof, der noch leer war.

Die Schule lag abseits des Wohngebietes mitten in einem Wohnungswald. Die Geräusche von vorbeifahrenden Autos wurden von den Bäumen fast vollständig aufgesaugt. Es war so leise, dass man hören konnte, wie der Wind durch den Schulhof fegte und die verfärbten Blätter aufwirbelte.

Man konnte den Schulhof nur in diesen frühen Morgenstunden so ungewöhnlich leer und verlassen erleben. Und schon bald würden die ersten Taxen am Schultor halten, und die ersten dunklen Gestalten würden sich Richtung Schule bewegen, in der Hoffnung auch diesen Tag schnell hinter sich zu bringen.

Keiner machte sich Illusionen von lernwilligen und interessierten Schülern, denn es war kein Gymnasium, sondern eine Förderschule für verhaltensauffällige Kinder und Jugendliche, denen es nicht an Intelligenz mangelte, sondern an der Disziplin. Die nicht imstande waren, zehn Minuten ruhig sitzen zu bleiben, dafür aber bekannt waren, jede Stunde an ihrer alten Schule gesprengt zu haben und aus diesem Grund zum Albtraum vieler Lehrer geworden waren.

Unter diesen Schülern waren Vernachlässigte oder Überbehütete, Hyperaktive oder psychisch Kranke, dennoch hatten sie alle etwas gemeinsam: sie alle waren in einer Regelschule gescheitert und landeten letztendlich mit einem Vermerk „regulär nicht beschulbar" in dieser Förderschule, die für sie zur letzten Station und zur letzten Hoffnung wurde, doch noch den richtigen Weg einzuschlagen und somit sich eine Tür in ein normales Leben offen zu halten. Das Leben fernab von dem, welches von Alkohol, Drogen und Gewalt bestimmt wurde. Fernab von dem Leben, mit dem die meisten von ihnen viel zu früh konfrontiert wurden; dem Leben, das sie prägte und nicht loslassen wollte.

Die Dunkelheit des Schulhofes verschlang das Schulgebäude, und nur die Fenster des Lehrerzimmers strahlten eine gewisse Wärme aus. Die ersten Kollegen saßen schon an ihren Plätzen. Frau Bötke hielt ein Brötchen in der Hand. Dabei war sie so in ihre Gedanken vertieft, dass sie vergaß rein zu beißen. Frau Schäfer blätterte unruhig in einer Zeitung und warf hin und wieder einen Blick auf die Uhr.

„Guten Morgen, Kollegen", ich ließ meine Tasche auf den Boden fallen. „Ein neuer Tag, ein neuer Kampf!"

„Das kannst du ruhig sagen!" antwortete Frau Schäfer leise und deutete auf ein Fenster im hinteren Bereich des Lehrerzimmers. „Schon wieder eingebrochen. Der Hausmeister hat gerade die kaputte Scheibe durch das Sperrholz ersetzt."

„Wurde die Polizei schon informiert?"

„Ja, sie schicken einen Kollegen vorbei."

„Weißt du, was geklaut wurde?"

„Die Klassensparbüchse und die Süßigkeiten aus dem Sekretariat." Frau Schäfer warf die Zeitung auf den Tisch. „Es ist verdammt ärgerlich! Die Kinder haben sich so viel Mühe gegeben und schon reichlich angespart. Jetzt ist alles weg!"

„Ich glaube, es war einer von unseren Schülern", mischte sich Frau Bötke ein. „Das zweite Mal innerhalb eines Monats. Wie kann man hier sicher arbeiten?"

„Ja, wir haben schon die Stadt gebeten, ein paar Kameras aufzustellen. Aber wie immer, kein Geld. Und diese Dunkelheit an der Schule. Ich muss immer früh losfahren, um dem Stau zu entkommen. Das einzige, was leuchtet, wenn ich hier ankomme, sind die Scheinwerfer meines Autos. Ehrlich gesagt habe ich Angst, über den Schulhof zu gehen. Irgendwann kriege ich bestimmt eine übergebraten."

Das Puzzle

Die erste Stunde hat bereits angefangen und ich war gerade dabei, die Arbeitsblätter zu verteilen, als die Klassenzimmertür aufflog und ein Junge das Klassenzimmer betrat.

„Wer bist du denn?" Er schaute mich kurz an, drehte sich aber im nächsten Moment von mir weg, holte aus und schleuderte seinen Rucksack durch das ganze

Klassenzimmer zu seinem Tisch. Ein anderer Schüler sprang auf und warf sich auf den Rucksack.

„Fick dich, Alta."

„Heute kein Tor. Bin besser als Neuer." Pascal stand vom Boden auf und nahm den Rucksack mit einem Finger auf. Die anderen Schüler klatschten Beifall.

„Ruhe", ich griff nach meinem Glöckchen und läutete so lange, bis sich die Schüler beruhigt haben. „Es freut mich sehr, dass du den Weg zu uns gefunden hast. Aber kannst du mir bitte erklären, warum du so spät kommst?"

„Waaaas?" Der Junge blieb stehen und dachte nach. „Bist du meine neue Lehrerin?"

„Ja. Mein Name ist Frau Peters. Verrätst du mir deinen Namen?"

„Denis."

„Schön dich kennenzulernen, Denis. Tu mir bitte einen Gefallen. Geh raus, klopf an und komm dann vernünftig wieder rein."

„Vallah, ist doch scheiß egal, Alta." Denis haute mit der Faust gegen die Wand, drehte sich um und verließ den Klassenraum. Die Minuten verstrichen und ich wartete gespannt darauf, ob er zurückkommen wird. Auch die anderen Schüler waren sichtlich daran interessiert und schauten Richtung Tür. Und als es endlich an die Tür klopfte, brach ein lauter Applaus aus. Die Tür ging auf und auf der Schwelle stand Denis.

„Hallöchen." Denis verbeugte sich vor mir. „Kann ich mich jetzt hinsetzen?"

Ich wartete bis Denis sein Heft und seine Stifte aus dem Rucksack geholt hatte, nahm ein Stück Kreide und schrieb die erste Aufgabe an die Tafel. Im nächsten Moment zuckte ich aber zusammen und zog meinen Kopf ein, weil ein Buch gegen die Tafel prallte und schwer zu Boden fiel. Langsam drehte ich mich um.

„Du, Hurensohn", schwer atmend hielt Denis einen anderen Schüler im Schwitzkasten, dessen Gesicht schon rot angelaufen war. Verzweifelt schlug er mit den Fäusten um sich und versuchte sich loszureißen.

„Lass ihn sofort los", versuchte ich auf Denis einzureden, verstand aber ganz schnell, dass er mich nicht hörte. Seine Augen waren weit aufgerissen, seine Mundwinkel zuckten. Ich verließ den Raum und kam kurz darauf mit zwei älteren Schülern zurück.

„Was los, Bruda", einer von den beiden hielt Denis von hinten fest, der andere befreite den weinenden Niklas aus dem Schwitzkasten.

„Vallah, der ist komplett durchgedreht." Er hob Denis an und schüttelte ihn leicht. „Was los?"

Denis schaute zuerst auf den älteren Schüler, dann zur Seite und brach plötzlich in Tränen aus.

„Er hat mein Puzzle kaputt gemacht." Mit einer Hand wischte er sich die Tränen weg, mit der anderen zeigte er auf den Tisch, wo Niklas Hefte und Stifte lagen.

„Er lügt. Hab ich nicht." Niklas putzte sich die Nase mit einem Taschentuch und warf es anschließend auf den Boden.

„Dein Puzzle liegt auf der Kommode da drüben", mischte sich Desiree ein. „Du warst letzte Woche nicht in der Schule und Frau Winter hat es weggeräumt."

Mit wenigen Sätzen erreichte Denis die Kommode, kletterte darauf und begutachtete einige Minuten lang sein Puzzle. Anschließend sprang er von der Kommode herunter und schaute mich an.

„Alles gut, kannst weiter Mathe machen."

Ich atmete tief ein, legte die Kreide weg und setzte mich zu den Schülern. Ich konnte immer noch nicht verstehen, wie man wegen eines Puzzles so ausrasten konnte, dass man bereit war, einem Menschen den Kopf abzureißen. An den Unterricht war nicht mehr zu denken, weil alle Schüler total aufgeregt waren und die gerade erlebte Situation noch verarbeiten mussten.

„Krank Alta", Tobias klopfte sich auf die Schenkel, warf den Kopf in den Nacken und lachte herzhaft. „Hast du gesehen? Er hätte ihn beinahe erwürgt."

Ich musste schnell eingreifen und die Situation richtig stellen.

„Es gibt nichts zu feiern", sagte ich mit einer energischen Stimme und schaute Tobias direkt an. „Wirst du dich auch so freuen, wenn du in einen Schwitzkasten genommen wirst und um Luft ringen musst?"

Dann drehte ich mich zu Denis, der mich mit einem breiten Grinsen anschaute.

„Es war dein gutes Recht zu fragen, wo dein Puzzle abgeblieben ist. Das hast du nicht gemacht, stattdessen hast du deinen Mitschüler direkt körperlich angegriffen."

Manche Schüler in der hinteren Reihe feixten und machten komische Bewegungen mit den Armen, die verdeutlichen sollten, wie man den Kopf abreißt. Ein anderer Schüler packte seine Hände um den Hals, streckte seine Zunge raus und machte Würgelaute.

Ein lauter Pfiff durchdrang den Klassenraum und ließ die Schüler zusammen zucken.

„Ruhe dahinten!" Während ich nach der Wäscheklammer von Denis griff und diese an der roten Ampel befestigte, ließ ich die Schüler nicht aus den Augen und schaute jedem einzelnen ins Gesicht. Anschließend schritt ich energisch zum Bücherschrank, wo ein dicker Stapel Ampelhefte auf seinen Einsatz wartete, und suchte das Heft von Denis raus. Auf dem Umschlag klebte eine mit Buntstiften ausgemalte Ampel, deren Ränder nach oben klafften und einen Klebestift vertragen konnten. Das ganze Heft sah ziemlich mitgenommen aus, sodass man daraus schließen konnte, dass es oft in den Schülerhänden und in seiner Schultasche war: zerknitterte Seiten, abgerissene Seitenecken und Fettflecken.

„Wahrscheinlich wurde es schon mal als Butterbrotpapier benutzt", dachte ich und legte das Heft Denis auf den Tisch.

„Fick dich, Alta. Kannst selbst abschreiben." Denis schnappte seine Jacke, trat gegen seinen Stuhl, der auf der Stelle zu Boden fiel, und verließ mit einem lauten Türknall den Klassenraum.

Ich schaute auf die große Wanduhr, die erbarmungslos weiter tickte und schon die letzten Minuten einer Unterrichtsstunde anzeigte. Dann warf ich einen kurzen Blick an die Tafel, wo die ungelösten Matheaufgaben immer noch auf eine Erklärung warteten, und musste zugeben, dass die erste Stunde komplett schief gelaufen war. Ich hoffte, dass es nicht immer so sein würde und dachte an meine Kollegen an Regelschulen und deren strammen Lernplan, an den sie sich immer halten müssen, um die vorgeschriebenen Arbeiten durchzuführen. Sie haben keine Zeit, sich ständig mit zahlreichen Problemen und Konflikten auseinanderzusetzen. Ich überlegte kurz, wie es wohl sein wird, wenn solche ES-Schüler im Rahmen einer Inklusion verstärkt eine Regelschule besuchen werden und musste den Kopf schütteln. Mit Sicherheit konnte ich jetzt schon sagen, dass die Lernfortschritte der ganzen Klasse auf der Strecke bleiben werden.

Pause

Als es zu Pause klingelte und die Schüler wild kreischend von ihren Plätzen aufsprangen, um den Klassenraum so schnell wie möglich zu verlassen, überlegte ich noch, ob ich die Kids zurück holen sollte. Die alte Regel „Der Unterricht wird durch eine Lehrkraft beendet und nicht durch die Schelle" wurde gerne von den Schülern missachtet. Es gab Lehrer, die sich damit auseinander setzten und darauf bestanden, dass die Schüler wieder ihre Plätze einnahmen und dem Lehrer zu Ende hörten. Das führte aber nicht selten zu starken Eskalationen und kostete viele Nerven. Deswegen drückten manche Lehrer ein Auge zu und ließen die Schüler laufen. Auch die Lehrer freuten sich auf eine verdiente Pause und gingen einer neuen Auseinandersetzung aus dem Weg.

Einige Minuten schaute ich den Kids zu, die durch die Pausenglocke aus dem Tiefschlaf geholt wurden und sich plötzlich in Bewegung setzten. Das Ganze sah einer Welle ähnlich, die mit jeder Sekunde immer schneller und größer wurde, und sobald sie die Klassenschwelle erreichte, nicht mehr aufzuhalten schien. Ich verstand, dass es keinen Sinn hatte, sich diesem schnell wachsenden und laut brüllenden Strom in den Weg zu stellen und beschloss, in der nächsten Unterrichtsstunde dieses Thema anzusprechen.

Schnell packte ich meine Sachen ein und öffnete alle Fenster auf Kipp. Die kalte frische Luft quetschte sich durch den schmalen Schlitz und vermischte sich mit der muffigen, abgestandenen Luft des Klassenzimmers, die durch starke Ausdünstungen und zugleich das extrem süße Parfüm der Teenager gekennzeichnet war.

Anschließend warf ich mir meine Jacke über und mit einer Butterbrotdose in der Hand eilte ich aus dem Schulgebäude. Ich lief über den hell beleuchteten Korridor, der ohne Schüler verwaist aussah und genoss die wohltuende Stille, von der ich für einen kurzen Moment umgeben war. „Stille vor dem Sturm", flüsterte ich und öffnete die schwere Eingangstür zum Schulhof, der sich innerhalb weniger Minuten in ein Schlachtfeld verwandelt hatte.

Die kalte feuchte Luft umwehte mich und ich machte meine Jacke zu. Dann klemmte ich meine Butterbrotdose unter den Arm und zog mir Lederhandschuhe über. Eine Zeit lang schaute ich den Kolleginnen zu, die in diesem Moment Pausenaufsicht hatten, und überlegte, mich ihnen anzuschließen und mit ihnen zusammen ein paar Runden über den Schulhof zu drehen. Dann entschloss ich mich doch dagegen. Mein Kopf pochte immer noch und ich wollte die Pause an der frischen Luft nutzen, um etwas runter zu kommen, bevor die Schulglocke mich in den nächsten Kampf schickte.

An der Treppe blieb ich stehen und ließ meinen Blick über den Schulhof schweifen, wo ein wildes Durcheinander herrschte. Die meisten Kinder liefen wirr im Kreis, schubsten sich gegenseitig und alberten herum. Eine Gruppe von kleineren Jungs umzingelte drei Mädchen und zog ihnen laut lachend die Mützen über die Augen. Die Mädchen warfen schnell ihre Krallen aus und schlugen die Jungs laut kreischend in die Flucht. Einer stolperte, verlor das Gleichgewicht und fand sich im nächsten Moment mit dem Gesicht nach unten in einer dreckigen Pfütze wieder.

„Dricksschwein", johlten die Mädchen, während sie mit beiden Händen nach nassen Blättern griffen und diese triumphierend über den weinenden Jungen schütteten.

„Wer austeilt, der muss auch einstecken können", dachte ich.

Einige Meter weiter stand eine Gruppe älterer Schüler, die ich beim ersten Hinsehen nicht auseinander halten konnte. Alle hatten schwarze Lederimitat-Jacken und schwarze Jogginghosen an, deren tiefer Schnitt die Beine optisch um die Hälfte verkürzte. Auch der Haarschnitt wurde allem Anschein nach bei ein und demselben Frisör gemacht. Der lange Pony wurde mithilfe von Gel und Haarspray so befestigt, dass wenige Haarsträhnen auf die kurz rasierten Schläfen fielen und der Rest nach hinten gekämmt war.

Die Jungs redeten kaum mit einander, schauten sich um und warfen immer wieder verstohlene Blicke zu den Lehrern, die von einer Schülergruppe zur anderen marschierten, kurz stehen blieben, um mit den Schülern ein paar Worte auszutauschen, und anschließend weiter stiefelten. Ich schaute den Jungs in schwarzen Jacken nach, bis sie hinter den Mülltonnen verschwanden und überlegte, was sie dort ausbrüteten. Plötzlich brüllte jemand laut hinter meinem Rücken und ich schreckte auf.

„Ich komme!"

Blitzschnell drehte ich mich um und starrte auf einen kleinen Jungen, der mich von der oberen Stufe breit anlächelte. Den Kopf in den Nacken gelegt und die Arme ausgebreitet ähnelte er Leonardo Dicaprio im Film „Titanic" und ich musste herzhaft lachen. „Das Rauschen des Meeres und die dazu passende Musik würden dieses Bild perfekt machen", dachte ich und wollte schon weiter laufen, als der Junge auf einmal leicht in die Knie ging, mit beiden Armen heftig flatterte und plötzlich auf mich von oben heruntersprang. Ich schaffte es gerade, meine Arme auszustrecken, um ihn aufzufangen, und spürte im nächsten Moment, wie sein Körper auf meinen prallte und mich zum Sturz brachte. Einige Kinder beobachteten das Ganze aus der Entfernung und konnten sich vor Lachen nicht mehr einkriegen.

„Kennst du den Adler-Fatih nicht? Er sucht ständig nach einer Beute und greift sie an", klärten sie mich auf, während ich mir den Dreck von der Hose abklopfte und den Kleinen besorgt anschaute.

„Hast du dir wehgetan?"

Leicht verärgert schob Fatih meine Hand weg, die ihn immer noch festhielt und flatterte mit seinen Armen weiter, immer schneller und schneller. Er sprang aufgeregt zwischen mir und der Treppe und zwitscherte: „Ich hab gefliegt! Ich hab gefliegt! Hast du gesehen?"

Ich ging einen Schritt zurück und blieb unentschlossen stehen. Als ich dann aber sah, dass Fatih wieder ganz oben auf der Treppe stand und nach einer neuen Beute spähte, setzte ich mich schnell in Bewegung, um einem wiederholten Angriff von Adler-Fatih zu entkommen.

„Frau Dings, Frau Dings", ein Junge zupfte energisch an meinem Ärmel und als ich mich zu ihm umdrehen wollte, bemerkte ich plötzlich, dass er etwas in seiner Hand hielt und damit in der Luft fuchtelte. Erschrocken sprang ich zur Seite und streckte ihm eine Hand entgegen.

„Stopp!" Ich wusste nicht, ob ich im nächsten Moment wieder angesprungen werde oder sogar diesen Gegenstand über den Schädel gezogen bekomme. Nach dem Puzzle-Dennis und Adler-Fatih rechnete ich mit dem Schlimmsten und behielt aus diesem Grund einen Sicherheitsabstand zwischen mir und dem Schüler.

„Aber Frau Dings, kuk ma, ja", der Junge stand für einen kurzen Moment still und ich erkannte meine Frühstücksdose, die ich wahrscheinlich beim Sturz mit Adler-Fatih verloren hatte und die sich nun in den Händen dieses Junges befand.

„Die hier hast du verloren". Der Junge hielt mir die grüne Frühstücksdose entgegen.

„Wie peinlich", dachte ich und ärgerte mich über mich selbst und meine überängstliche Reaktion. Ich hoffte, dass die anderen Schüler nicht mitbekommen hatten, wie ich vor meiner eigenen Frühstücksdose panisch weg laufen wollte und schaute mich schnell um. Mit Erleichterung stellte ich fest, dass dieser Vorfall den anderen verborgen blieb.

„Danke", sagte ich leise und wollte schon weiter laufen, als sich der Junge mir erneut in den Weg stellte.

„Frau Dings, warte mal", unsicher trat er auf der Stelle. „Was hast du in deiner Frühstücksdose?"

„Mein Butterbrot für die Pause." Ich öffnete automatisch die Dose und schaute rein. Von meinem Butterbrot, das ich am frühen Morgen mit viel Liebe gemacht hatte, fehlte die Hälfte. Sprachlos stand ich neben dem Schüler und betrachtete mein Butterbrot, das von irgendjemandem zur Hälfte verspeist wurde.

„Sieh das positiv, Lea. Es hätte dich schlimmer treffen können", sprach ich in Gedanken zu mir selbst. „Der Puzzle-Dennis hätte dich mit dem Buch erwischen können. Und der Sprung von Adler-Fatih hätte zu einem Rückentrauma führen können. Du bist aber wohl auf geblieben und dir ist nichts passiert. Mit diesem Job hast du die richtige Wahl getroffen: Du wirst von den Schülern umsorgt und bekommst deine verlorenen Sachen hinterher getragen. Rührend kümmern sie sich um dein Wohlergehen und essen die Hälfte deines Frühstücks mit, damit du bloß nicht zunimmst. Du hast keinen Grund dich zu beschweren! Atme tief durch und freue dich schon auf die nächste Stunde."

Und während ich mit einer Butterbrotdose in der Hand da stand und nach einer Erklärung für das unmögliche Verhalten mancher Schüler suchte, kam der Junge einige Schritte näher und flüsterte:

„Dein Butterbrot schmeckt sehr gut. Wie machst du das?"

Die ersten Sekunden schaute ich den Schüler verwirrt an und überlegte, ob ich gerade verarscht wurde.

„Ich toaste zwei Scheiben Toast und schmiere Butter ...." Den Satz konnte ich aber nicht vollenden, weil der Junge plötzlich laut schrie:

„Oha, du darfst deinen Toast in den Toaster stecken?"

„Was machst du denn mit deinem Toast?" entgegnete ich ihm.

Der Junge steckte eine Hand in seine Jackentasche und zog ein großes Etwas, das ungeschickt ins Küchenpapier eingewickelt war. Langsam wickelte er es aus und präsentierte mir sein Butterbrot, das aus zwei ungetoasteten Scheiben bestand, die in der Mitte mit einer dünnen Schicht Marmelade zu einem Ganzen verklebt waren. Ich starrte auf die trockenen Toastscheiben.

„Hat das deine Mama gemacht?"

„Nein", der Junge schüttelte energisch den Kopf. „Sie schläft morgens lange und ich darf sie nicht wecken. Wenn ich etwas brauche und sie frage, wird sie wütend und schmeißt mich aus dem Haus raus." Die großen blauen Augen des Jungen füllten sich mit Tränen.

„Wie heißt du?", wollte ich wissen.

„Kevin".

„Weißt du, Kevin, es schmeckt besser, wenn du die Toastscheiben in den Toaster steckst und anschließend mit Butter oder Margarine bestreichst", erklärte ich dem Jungen, der wie viele andere meiner Schüler sehr früh für sich selbst sorgen musste.

„Oha, dann kriege ich heftige Prügel."

„Warum bekommst du Prügel?" Ich schaute den Jungen betroffen an.

„Nur mein Vater darf den Toaster benutzen, weil es sonst sehr teuer kostet. Ich muss das Toast immer so essen." Er schnappte sein Marmeladenbrot und biss darein. Das Kauen eines trockenen Toastes fiel ihm sehr schwer und er schob das Ganze genervt hin und her, bis er es endlich runter schlucken konnte. Dann lächelte er verlegen und fügte hinzu:

„Kann ich besser dein Butterbrot essen?"

„Nur zu", ich hielt ihm die Dose entgegen und schaute zu wie er das restliche Butterbrot mit wenigen Bissen verschlang. Dann wischte er sich den Mund mit der Hand ab, drehte sich um und rannte zu seinen Freunden, die über etwas laut lachten. Das war die einzige Gruppe auf dem Schulhof, die die Schulpause sinnvoll nutzte und sich die Zeit mit Sport vertrieb. So könnte man beim ersten Blick denken. Immerhin hielt einer von denen einen Basketball in den Händen. Beim genaueren Hinschauen fiel jedoch auf, dass der Ball jedes Mal einen großen Bogen um den Basketballkorb machte und ihn nicht mal streifte. Stattdessen

steuerte er gezielt Kinder an, die zufällig vorbei liefen, und brachte sie zum Fallen.

Es   schellte. Der Junge holte aus und kickte den
Basketball im hohen Bogen über den Schulhof.

„Schwör Mann. Ich ficke diese Schulglocke.“

Armut in Deutschland

Ein großer Teil der Kinder und Jugendlichen in Deutschland wächst unterhalb der Armutsgrenze auf. In 2015 lag die Zahl der unter 18jährigen und deren Familien, die von SGBII Leistungen (staatl. Grundsicherung) abhängig sind, bei knapp 2 Millionen, was ein Prozentsatz von 14,7 dieser Altersgruppe entspricht. Besonders oft betroffen sind Kinder und Jugendliche von Alleinerziehenden, aber auch Kinder mit zwei oder mehreren Geschwistern. Prozentual gesehen sind das ca. 50% bei den unter 18jährigen, die bei nur einem Elternteil aufwachsen und 36% der Kinder leben in Familien mit mehr als zwei Kinder.

In Armut aufzuwachsen bedeutet, dass die Kinder nicht ausreichend mit existenziellen Grundbedürfnissen versorgt werden. So fehlt es an unzureichendem Wohnraum (kein eigenes Zimmer zur Verfügung, kein Rückzugsort um Schularbeiten erledigen zu können). Zum Alltag gehört auch kaum eine warme Mahlzeit pro Tag sowie ungesunde Ernährung durch Mangel an Verzehr von Obst und Gemüse.

Dieser zwangsmäßige Verzicht hat auch soziale Konsequenzen. Meist schämen sich die Kinder und können niemanden zu sich nach Hause einladen, weil die Wohnung zu klein ist. Aus Geldmangel können keine gemeinsamen Aktivitäten unternommen werden. Diese Kinder wachsen dann in sozialer Isolation auf. Die Folgen sind soziale und emotionale Entwicklungsprobleme, die sich wiederum auf die schulische Leistungsfähigkeit auswirken können.

Die Schultüte

Am Nachmittag traf ich mich mit Nicole im Cafe, um meinen ersten Tag als Lehrerin zu feiern. Eigentlich war es mir nicht danach und ich wäre lieber nach Hause gefahren. Ich fühlte mich so, als hätte ich eine lange Nachtschicht hinter mir und sehnte mich nach meinem Bett: Sich hinlegen, den Kopf unter dem Kopfkissen verstecken und eine Weile nichts mehr hören oder sehen.

Nach der letzten Stunde holte ich mein Handy aus der Tasche, um Nicole anzurufen. Das Display blinkte und zeigte eine neue Nachricht an.

„Freue mich auf heute Nachmittag. Hab eine Überraschung für dich", las ich und verkniff mir den Gedanken, den Termin mit Nicole abzusagen.

„Wird schon irgendwie gehen", dachte ich und ließ den Motor an.

„Wie ist es gelaufen?", Nicole hängte ihre Jacke an einen Garderobenhaken und setzte sich zu mir. Im nächsten Moment sprang sie aber wieder auf, griff in ihre Tasche, holte eine kleine prall gefüllte Schultüte und legte sie feierlich auf den Tisch.

„Glückwunsch zu deinem Schulbeginn, Frau Lehrerin", Nicole strahlte über das ganze Gesicht.

Ich zog an der roten Schleife und betrachtete viele kleine Geschenke: jedes davon war liebevoll in ein Geschenkpapier eingepackt, mit einem Bändchen verziert und zusätzlich mit einem selbstgebastelten Anhänger in Form eines Smileys mit einer Zahl darauf ausgestattet.

„Damit du nicht alles auf einmal aufisst", erklärte Nicole und lachte laut. „Den ersten Schultag hast du schon hinter dir", fuhr Nicole fort und schob das erste Geschenk zu mir. „Mach auf!"

Ich legte es auf die Hand und merkte sofort, dass es für eine Süßigkeit viel zu schwer war. Vorsichtig zog ich am Geschenkband bis es riss, und ein schön bemalter Stein kullerte über den Tisch. „Man wächst an seinen Aufgaben", las ich leise und war sehr berührt.

„Erzähl", forderte Nicole mich auf.

Ich schilderte von meinen ersten Erfahrungen als Lehrerin in einer Förderschule: von den Kindern mit einer extrem niedrigen Frustrationsgrenze, die wegen eines kaputten Puzzles einen Mitschüler brutal körperlich angreifen und schlimme Verletzungen in Kauf nehmen; von den vernachlässigten Kindern wie Kevin, die für sich selbst sorgen müssen und für die das Wort „elterliche Fürsorge" ein Fremdwort ist. Und natürlich konnte ich den Vorfall mit dem Adler-Fatih nicht verschweigen, über den wir beide laut lachten.

Ausgebrannt

Die Zeit verging sehr schnell und als ich eines Tages auf meinen Terminkalender schaute, stellte ich mit Erstaunen fest, dass ich schon seit zwei Monaten an der Schule war. In diesen wenigen Monaten hatte ich mehr Erfahrungen gesammelt als in meinem ganzen

Studium und der Spruch, den ich irgendwann gehört hatte, wurde mit jedem Tag immer deutlicher. „Wer heute Lehrer werden will, sollte zugleich Psychologe, Entertainer, Sonderpädagoge, ein dickfelliger Masochist und möglichst Single sein."

In dieser kurzen Zeit lernte ich viele Kollegen kennen, die trotz einer enormen Belastung den Spaß am Lehrerberuf nicht verloren hatten und auch nach vielen Berufsjahren für ihre Schüler eine Brücke nach draußen bildeten und sich über jeden noch so kleinen Schritt ihrer Schützlinge freuten. Ich lernte aber auch solche Kollegen kennen, die völlig ausgelaugt und unmotiviert im Lehrerzimmern rumhingen und sich durch den Schulalltag quälten. Sie zählten Tage bis zu den nächsten Ferien und blätterten mit einem gelangweilten Gesicht in den Zeitungen. Am Schulleben nahmen sie kaum teil und gingen jedem Gespräch mit den Kollegen aus dem Weg.

Frau Meier, mit der ich einen Tisch im Lehrerzimmer teilte, gehörte zu so einer Lehrergruppe, die wahrscheinlich schon vor Jahren an dem Punkt angekommen war, wo ihr alles über den Kopf gewachsen war und sie die Schüler nicht mehr erreichen konnte. Im Inneren hatte sie schon längst mit der Schule abgeschlossen und wartete nur noch auf eine Möglichkeit, aus dem Lehrerberuf auszuscheiden. Kurz bevor die laute Schulglocke zur ersten Unterrichtsstunde läutete, betrat sie das Lehrerzimmer, legte ihre Sachen ab und verschwand wieder, ohne ein Wort gesagt zu haben. Die Pausen verbrachte sie meistens in ihrem Klassenraum, wo sie hinter der geschlossenen Tür ihr Butterbrot aß und eine Zeitung las. Manchmal traf ich sie im Kopierraum. Mit einem traurigen Blick schaute sie auf den Schulhof, während der Kopierer zahlreiche Blätter im Sekundentakt ausspuckte.

Einmal kam es zu einer unschönen Situation im Lehrerzimmer, als ich eine Freistunde hatte und Frau Meier fragte, ob ich ihren Unterricht besuchen durfte. Frau Meier schlug das Mathebuch, in dem sie gerade hin und her blätterte, energisch zu und schaute mich verärgert an.

„Wer schickt dich in meinen Unterricht?"

„Was meinst du?" Im Lehrerzimmer herrschte für wenige Minuten Stille, die Frau Schäfer unterbrach.

„Entspann dich, Frau Meier. Lea ist keine Spionin und tut dir nichts."

„Ich bin erst seit zwei Monaten an der Schule und freue mich über jede Möglichkeit, mehr Erfahrungen zu sammeln. Aber wenn ich dich damit belästige, dann tut es mir leid", fügte ich immer noch etwas verwirrt hinzu.

Frau Meier stand energisch auf und schob ihren Stuhl beiseite. „Ich will keinen Besuch in meinem Unterricht haben, der mir anschließend vorwirft, was ich falsch gemacht habe. In meiner Klasse entscheide ich, was gemacht wird und ich verzichte auf jeglichen

Kommentar." Empört schnappte sie ihre schwere Lehrertasche, die genau wie die Besitzerin ihre guten Jahre schon längst hinter sich hatte und verließ das Lehrerzimmer.

„Habe ich etwas Falsches gesagt?" Ich schaute der aufgebrachten Kollegin nach, bis die Tür mit Schwung hinter ihr zuflog.

„Zieh dir den Schuh nicht an." Frau Schäfer schüttelte traurig den Kopf. „Mit jedem Jahr wird es nur noch schlimmer und sie zieht sich immer mehr zurück."

„Was ist aus unserer lebensfrohen Monika geworden?", mischte sich Frau Otte ein, die ihre Kollegin noch aus den alten Zeiten kannte, als sie vor über dreißig Jahren an dieser Schule angefangen hatten.

„Was ist passiert?"

„Sie ist ausgebrannt. Kann nicht mehr. Eigentlich muss sie den Lehrerberuf an den Nagel hängen, weil sie weder sich selbst noch den Schülern einen Gefallen tut, wenn sie so weitermacht."

„Warum sucht sie sich keinen anderen Job?", fragte ich und wusste damals noch nicht, dass auch ich nur wenige Wochen später mit derselben Frage konfrontiert würde.

Burn-Out bei den Lehrern

Immer mehr Lehrer klagen über Burn-out. Arbeitsüberlastung, dauerhafte psychische Belastung, mangelhafte Anerkennung, schwierige Schüler und permanente Lautstärke sind die Hauptgründe für diese Erkrankung. Da Lehrer ihre Arbeit immer mit nach Hause nehmen und außerhalb der Arbeitszeiten erreichbar sein müssen, verschmilzt die Grenze von Beruf und Privatleben. Dies ist ein weiterer Faktor, der einen Burn-out fördert.

Burn-out ist aber nicht nur für den betroffenen Lehrer belastend, sondern wirkt sich negativ auf die Unterrichtsqualität aus, so dass ein effektives Lernen keinesfalls gewährleistet ist. Viele Bildungsforscher fordern, überforderte Lehrer aus dem Dienst entfernen zu können. Dies ist bislang nicht möglich, weil Lehrer wegen ihres Beamtenstatuses weder gekündigt, noch gegen ihren Willen versetzt werden können.

Burn-out bei den Lehrern ist ein sehr wichtiges Thema, das dringend auf die politische Agenda gesetzt werden muss.

Die Pillen-Schüler

Die vierte Stunde war um und ich freute mich schon auf die Pause. Schnell steckte ich alle Bücher und Hefte in meine Tasche, trug die Unterrichtsinhalte ins Klassenbuch ein und schloss den Raum ab. Die meisten Schüler waren schon draußen. Die wenigen, die sich der Kälte nicht stellen wollten, versammelten sich unten vor der Aula und warteten auf den Einlass.

Für die nächste Unterrichtsstunde brauchte ich nichts vorzubereiten, weil ich in der Doppelbesetzung mit einem jungen Mathelehrer Herrn Schmidt war. Entspannt lehnte ich mich im Stuhl zurück und genoss meinen Kaffee. Obwohl das Lehrerzimmer schon gut gefüllt war, herrschte eine wohltuende Stille. Die meisten Kollegen tranken Kaffee und sammelten Kräfte für die nächste Stunde. Die ständigen Auseinandersetzungen im Unterricht kosteten viel Kraft und zerrten an den Nerven.

Die fünfte Stunde war immer schwierig. Die Schüler waren sehr unruhig. Die meisten von ihnen litten an ADHS und wurden schon vor der Schule mit der ersten Pille versorgt. Aber gegen Mittag ließ die Wirkung der Pille nach und dann kam die zweite Dosis. Die so genannte Mittagspille sollte manchen unter die Arme greifen und sie vor sich selbst schützen. Aus diesem Grund arbeitete ich die Liste mit den Pillen-Schülern gewissenhaft ab, bevor ich die Klasse in die große Pause entließ. Mehmet war aber noch vor der Pause aus dem Unterricht abgehauen. Seine Pille lag immer noch im Lehrerpult. Ich schob meine Kaffeetasse beiseite und stand auf. „Sicherlich würde ich ihn auf dem Schulhof finden. Und wenn ich viel Glück habe, ist er sogar im Pausensport. Ich werde ihn schon irgendwie überreden, die Pille zu nehmen." Fest entschlossen verließ ich das Lehrerzimmer und machte mich auf die Suche nach Mehmet.

Kleines Feuer auf dem Schulhof

Vor dem Lehrerzimmer stieß ich auf den Mathelehrer, der einen Schüler ins Lehrerzimmer begleitete. Herr Schmidt arbeitete an der Schule seit einem Jahr und gehörte zu den Lehrern, die immer ruhig und cool bleiben und auch in schwierigen Situationen ihren Humor nicht verlieren. Diesmal wirkte er betrübt und bemerkte bedauernd, dass die Mathestunde schon wieder wegen eines klärenden Gespräches ausfallen müsse. Kurz schilderte er vom Vorfall auf dem Schulhof.

Niklas hatte ein Feuerzeug mitgebracht und prahlte damit auf dem Schulhof herum. Stolz hielt er es an einem Ast und drückte den Knopf herunter. Eine kleine Flamme schlug aus der Öffnung. Die um ihn herum stehenden Jungs jubelten ihm zu.

„Wetten, dass du dich nicht traust?" rief Tobias Niklas zu. „Du bist eine Memme!"

„Du kannst mich mal", Niklas drehte Tobias den Rücken zu.

Tobias, der einen Kopf größer war, überlegte nicht lange und bewegte sich langsam auf Niklas zu. Und als Niklas aufblickte, sah er Tobias über ihm stehen.

„Zünde an, dann werden wir keinen Unterricht haben", zischte Tobias Niklas an. „Bis die Lehrer das Feuer gelöscht haben, ist der Unterricht schon zu Ende. Sonst…"

Die anderen Jungs grinsten und warteten gespannt. Niklas wusste nicht genau, ob es der Wunsch nach einer freien Stunde oder Angst vor Tobias war, die ihn dazu verleitete, den Ast anzuzünden. Kurz darauf stieg die erste Rauchwolke auf, die mit lautem Pfeifen von einer jubelnden Schülermeute gefeiert wurde.

Manche lachten sich tot, die anderen verfolgten mit Interesse das Geschehen. Es gab aber auch ein paar ältere Schüler, die so viel Vernunft besaßen, um das Feuer zu löschen. Natürlich blieb der kleine Zwischenfall auch bei den Lehrern nicht unbemerkt, und kurz darauf steuerte Herr Schmidt, der Pausenaufsicht hatte, zielstrebig auf die Jungs zu.

Niklas steckte schnell das Feuerzeug ein, aber Herr Schmidt streckte ihm schon seine Hand fordernd entgegen: „Her mit dem Feuerzeug!"

Tobias war der Erste, der das Schweigen unterbrach.

„Niklas war es! Er hat den Ast angezündet, weil er keinen Unterricht haben wollte."

Niklas schaute Tobias verblüfft an. Er hatte nicht erwartet, dass Tobias ihn auf diese Weise reinreiten würde. Mit einem roten Kopf gab er zu, das Feuer gelegt zu haben, aber er schilderte auch, dass Tobias ihn dazu gezwungen habe.

Tobias stritt alles vehement ab und gab Niklas ein stilles Zeichen, dass er ihm den Kopf abschneiden würde, wenn er den Mund nicht hielt. Herr Schmidt kündigte ein klärendes Gespräch nach der Pause an und forderte Tobias auf, die Wiese zu verlassen, um die beiden Streithähne auseinander zu bringen.

Einige Minuten später kündigte ein lautes Schellen den Unterrichtsbeginn an und die Schüler bummelten scharenweise ins Schulgebäude hinein. Diejenigen, die vom Brand auf dem Schulhof nichts mitbekommen hatten, mussten sich mit angeberischen Schilderungen anderer Schüler zufrieden geben und hofften im Stillen, beim nächsten Mal live dabei sein zu können.

Verschwundene Schüler

Es war nichts Besonderes, dass die Schüler nicht pünktlich aus der Pause kamen. Meistens dauerte es einige Minuten, bis auch der letzte Schüler den Weg zum Klassenraum fand und mit einem lauten Türknall seine Ankunft verkündete.

Diesmal war es anders. Die Minuten verstrichen, aber von den Schülern war weit und breit nichts zu sehen. Ich horchte, aber außer einer lauten Auseinandersetzung in der Nebenklasse war nichts zu hören.

Nachdenklich trat ich ans Fenster und schaute hinaus. In diesem Moment sah ich Mehmet über den Schulhof laufen. Er war sehr aufgeregt und gestikulierte wild mit seinen Händen. Plötzlich stolperte er über einen Ast und verlor beinahe das Gleichgewicht.

„Mehmet, wo willst du hin? Der Unterricht hat schon angefangen." Ich klopfte an die Scheibe und versuchte den Schüler auf mich aufmerksam zu machen.

Mehmet blieb kurz stehen und schnappte sich den Ast, der ihn beinahe zum Fallen gebracht hätte, und zerbrach ihn voller Wut in viele kleine Teile. Anschließend putzte er sich schnell seine Hände an der Hose ab und lief über die Wiese zum Wohnungswald. Der Wind trug die einzelnen Worte durch ein offenes Fenster zu mir: „Ich krieg' ihn…."

Mir war sofort klar, dass es nichts Gutes verheißen konnte und ich beschloss, dem auf den Grund zu gehen.

Als ich an der Klasse von Herr Winkel vorbeiging, sprang die Tür auf und ich wich schnell zur Seite, um dem Zusammenstoß mit dem kleinen Jungen zu entgehen, der mit geballten Fäusten aus dieser herausstampfte.

„Pass doch auf, Alta!" Der Junge schaute mich verärgert an, fluchte und rannte hinaus.

In der nächsten Sekunde unterbrach das laute Weinen eines Mädchens die ungewöhnliche Stille.

„Brauchst du Hilfe?" Ich stand in der Tür und schaute Herrn Winkel an. Es war üblich unter Kollegen einander zu helfen und sich gegenseitig den Rücken zu stärken. Es kam oft vor, dass ein Schüler ausrastete oder den Klassenraum unerlaubt verließ. Und wenn kein Sozialpädagoge in der Nähe war, dann holte man sich schnell Hilfe von einem Kollegen. Ohne solche Unterstützung war man als Lehrer oft hilflos.

„Danke", Herr Winkel fuhr sich verzweifelt mit der Hand übers Gesicht. „Lenox ist ausgerastet und Ali ist noch irgendwo auf dem Schulhof. Würdest du bitte im Sekretariat Bescheid geben?"

„Meine Pappnasen fehlen auch, ich wollte gerade den Schulhof absuchen. Ich halte auch nach deinen Ausschau". Ich warf mir schnell meine Jacke über und lief zügig die Treppe hinunter.

Hau ab!

Ich trat auf den Schulhof und spürte sofort, wie der kalte Wind in meine offene Jacke blies und sich unter meinem Pullover auf dem Rücken ausbreitete. Schnell machte ich die Jacke zu und stellte meinen Kragen auf.

Der Schulhof war groß und unübersichtlich. Der neu gepflasterte Platz vor der Schule wurde durch kleinere Büsche in gemütliche Sitzecken mit Holzbänken unterteilt. Dahinter befand sich ein überdachter Fahrradstellplatz, der während der Schulstunden abgeschlossen blieb und somit nicht nur von den Fahrraddieben sicher war, sondern auch die Schüler davon bewahrte, früher abhauen zu können.

Die Wiese hinter dem Schulgebäude war der Lieblingsplatz vieler jüngerer Schüler. Das große bunte Klettergerüst musste oft verschiedenen Mutproben standhalten und hatte schon den einen oder anderen Notarzteinsatz miterlebt. Der meist gefragte Ort war aber der Wohnungswald, der mithilfe eines Schulzaunes in erlaubte und nicht erlaubte Aufenthaltsorte unterteilt wurde.

Der alte Baumbestand bot verschiedene Rückzugsmöglichkeiten und brachte auf verrückteste Ideen. Ob es Rauchen, Kiffen oder Biertrinken aus einer Limonadenflasche war oder die Verbesserung einer Kusstechnik sowie die Umsetzung einer Biologiestunde in die Tat: für all das war der Wohnungswald bestens geeignet.

Natürlich wussten die Lehrer darüber Bescheid und machten regelmäßig ihre Kontrollrunden. Die ausgewachsenen Bäume mit ihren weit ausladenden Ästen schützten aber die Schüler vor den Blicken der Lehrer und die offene Wiese verschaffte ihnen kostbare Zeit, um verbotene Gegenstände bis zur Lehrerankunft erfolgreich zu verstecken.

Und nachdem eine Aufsichtsperson den Wohnungs-wald über die Wiese erreicht hatte, fand sie lediglich kleine Schülergrüppchen vor, die frech kicherten und es kaum abwarten konnten, bis „die Alta" wieder ver-schwand.

Ich schritt energisch über die Wiese und spürte, wie der weiche nasse Boden unter meinen Schuhen leicht nachgab. In der Nacht hatte es Schnee gegeben, der aber nicht lange anhielt und schon gegen Mittag wie-der in Nieselregen umschlug.

Aus dem Wohnungswald kamen laute aufgeregte Stimmen und ich erhöhte mein Tempo. Am ersten Baum angekommen, hörte ich, wie ein Junge meine Ankunft lautstark ankündigte.

„Frau Peters ist da!"

„Scheiß drauf", antwortete eine andere Stimme, die ich schnell Tobias, einem dreizehnjährigen Schüler aus der sechsten Klasse, zuordnen konnte. Ich schob die nassen Äste beiseite und sah Tobias den Kopf nach oben reckend breitschultrig an einer alten Tanne stehen. Seine großen Hände umfassten fast den gan-zen Baumstamm, an dem er heftig schüttelte.

Er war ein ziemlich kräftiger Kerl mit einer für sein zartes Alter überdurchschnittlichen Körpergröße. Erst einige Tage zuvor mussten alle lachen, als ich im Un-terricht über seine Füße stolperte und beinahe fiel.

„Entschuldigung", Tobias zog schnell seine Beine weg und quetschte sie unter den Tisch.

„Schicke Schuhe", mein Blick haftete eine Zeit lang auf seinen Sportschuhen mit grünen Schnürsenkeln. Ich wusste, dass meine Füße nicht die größten waren, aber in der Nähe von Tobias Riesenfüßen wirkten sie noch kleiner, fast schon wie Babyfüße.

„Die sind neu!" Tobias wischte schnell den Sand vom rechten Schuh weg, zog die Schnürsenkel zurecht und präsentierte seine Treter stolz vor der Klasse.

„Welche Schuhgröße hast du?", fragte ich verwundert und stellte meinen Fuß zum Vergleich daneben.

„Sechsundvierzig", Tobias und die anderen mussten lachen.

Und nun stand er vor dem Baum und scharrte mit seinen Riesenfüßen wie ein wütender angriffslustiger Stier.

„Hey Tobias, was ist los?", ich machte einige Schritte auf den aufgebrachten Schüler zu.

„Was wollen Sie denn hier? Hauen Sie doch ab. Der Penner kriegt schon, was er verdient." Tobias lief um den Baum herum und gestikulierte wild mit seinen geballten Fäusten.

„Versuch's erst mal, du, Opfer! Du kannst nicht mal hochklettern. Dein dicker Arsch ist zu schwer", kam eine laute Antwort von oben und ich bemerkte erst jetzt, dass zwei weitere Schüler im Baum saßen.

Der eine war kreidebleich und zitterte am ganzen Körper. Er hockte auf einem großen Ast und klammerte sich mit beiden Händen an den Baumstamm fest. Dabei zog er seinen Kopf so ein, als ob er sich unsichtbar machen wollte. Der andere Junge kletterte hastig hoch und hatte ungefähr die Mitte des Baumes erreicht. Es war Mehmet. Seine Jacke lag trotz der niedrigen Temperaturen im Laub neben dem Baum und er nahm die Kälte in seiner Aufregung nicht wahr.

Ich spürte wie die ganze Spannung von den Schülern auf mich überging, versuchte aber weiterhin, einen klaren Kopf zu behalten. Ich schaute mich schnell um und musste feststellen, dass auf dem Schulhof kein anderer Kollege anwesend war.

„Jungs, klettert wieder runter und lasst uns reingehen. Wir können die Sache in aller Ruhe besprechen." Mit einer ruhigen aber bestimmten Stimme versuchte ich die Situation zu entschärfen.

„Nur wenn der Affe da weg ist", kam eine Antwort von oben.

„Ich zeige dir gleich den Affen", Tobias verpasste dem Baum einen kräftigen Tritt und verschwand im Wohnungswald. Kurz darauf tauchte er mit einem dicken Ast in der Hand wieder auf und schmetterte ihn ohne zu überlegen gegen den Baum. Mit einem lauten Knacken zerbarst der Ast und ein Teil flog haarscharf an mir vorbei.

Mir stockte der Atem, als ich sah, dass der nächste Ast hoch geschleudert wurde und sich mit einem Sausen den Weg durch die Tanne bohrte. Er traf die Schuhe von Niklas und brachte ihn zum Wackeln. Ich musste zusehen, wie Niklas auf dem Ast balancierte, um das Gleichgewicht nicht zu verlieren und nicht herunterzufallen.

Entsetzt schaute ich in Tobias Gesicht mit einem breiten Grinsen und verstand, dass ich hier alleine nichts richten konnte. Die Situation schien weiter zu eskalieren. Rasch holte ich mein Handy aus der Jackentasche und wählte die zuvor abgespeicherte Nummer der Schule. Eine warme vertraute Stimme meldete sich:

„Astrid Lindgren Schule, Preuss, guten Tag.“

„Monika, ich bin es, Lea. Ich brauche ganz dringend Unterstützung von den Kollegen.“

„Wo bist du?“

„Auf dem Schulhof. Tobias Spittka wütet herum und zwei andere sitzen im Baum und trauen sich nicht, runter zu kommen.“

„Alles klar, ich kümmere mich drum.“

Ich steckte mein Handy ein und drehte mich wieder zu Tobias, um die Zeit zu überbrücken, bis meine Kollegen eintrafen. Im nächsten Moment hielt ich aber vor Schreck den Atem an, als ich einen jüngeren Schüler aus der Klasse von Herrn Winkel am Boden liegen sah. Tobias holte gerade zum Tritt aus und zielte dabei genau auf den Kopf des Kleinen, der vor lautem Schrecken keinen Laut von sich gab, sondern sich stumm im Kreise drehte und seine Hände schützend vor dem Kopf hielt. In seinen Augen breitete sich Panik aus. Ich handelte eher unüberlegt als gut durchdacht und stellte mich schützend vor den am Boden liegenden Jungen.

„Geh zur Seite!", forderte ich Tobias mehrmals auf und hielt seinem Blick stand. „Denk' in erster Linie an dich und deine Zukunft", fuhr ich fort und merkte, dass Tobias beim Wort Zukunft kurz inne hielt.

„Geht mir am Arsch vorbei! Ich habe keine Zukunft!", entgegnete Tobias, ließ aber von dem Jungen ab und wandte ihm den Rücken zu.

Der Kleine witterte sofort seine Chance, sprang auf und rannte Hals über Kopf zum Schulgebäude, ohne sich auch nur einmal umzudrehen. Kaum hatte er dieses betreten, zog er die Tür schnell hinter sich zu und schnappte nach Luft. Entgegen meinen Erwartungen lief er aber nicht weg, sondern presste seine Nase an die Glasscheibe. Durch die Entfernung und eine Glastür dazwischen wog er sich in Sicherheit. Mit einer Erleichterung sah ich ihm eine Weile nach und freute mich für den Jungen, der mit einem Schrecken davon gekommen war.

Während mir tausende Gedanken durch den Kopf schossen und ich mir überlegte, wie es mit Tobias weiter gehen sollte, ließ ich den empörten Schüler nicht aus den Augen und beobachtete diesen aus einer Entfernung.

Tobias lief mit großen Schritten auf und ab, gestikulierte wild und zertrat alles, was ihm vor seine Füße kam. Plötzlich blieb er stehen und verschränkte seine Arme, seinen Blick zu Boden gerichtet.

„Ich weiß, wo du wohnst. Dort werde ich dich abpassen, dich und deine Familie! Du wirst noch was erleben!" Tobias wirkte sehr angespannt, sprach dabei jedes einzelne Wort langsam und deutlich aus.

Ich hörte sein hämisches Gelächter und mein Magen verkrampfte sich bei dem Gedanken, dass die ausgesprochene Drohung auch mir gelten konnte: mir und meiner Familie.

Die Angst packte mich mit Verspätung. Im nächsten Moment durchschoss ein stechender Schmerz meinen Körper. Wie in einem Albtraum, dem ich machtlos ausgeliefert war, stand ich kraftlos da und kassierte zahlreiche Schläge, die von allen Seiten auf mich fielen. Ich wollte etwas sagen, viel mehr sogar den Schüler anschreien und öffnete die Lippen, aber mein Mund war so trocken, dass ich kein Wort hervorbringen konnte.

Irgendwann schien es, als ob Tobias endlich genug hatte und von mir abließ. Er ging einige Schritte von mir weg, drehte sich aber wieder um, holte aus und traktierte mich mit Tritten.

Es herrschte Totenstille. Die Jungs im Baum verstummten und auf deren Gesichtern zeichnete sich Entsetzen ab.

Pack mich nicht an

„Jetzt kommen alle angerannt." Tobias Stimme drang an mein Ohr wie durch Watte und ich schaute den Kollegen zu, die über die Wiese in meine Richtung liefen und auf Tobias einredeten. Wie in einem Film, der sich vor meinen Augen abspielte, und in dem ich selbst lediglich eine unbeteiligte Person am Rande des Geschehens war, wechselten sich die Geschehnisse blitzschnell ab.

Frau Winter, eine hübsche zierliche Referendarin mit schulterlangen blonden Haaren, kam als erste an und, immer noch schwer atmend, übernahm die Gesprächsführung, ohne sich dabei dem Schüler zu nähern. Ich lauschte ihrer energischen Stimme, musste aber mit Entsetzen feststellen, dass ich den Wortlaut nicht verstand.

Die zwei anderen Kollegen, Herr Schmidt und Herr Roht, die fast gleichzeitig eintrafen, schnitten Tobias den Weg zum Wohnungswald ab, während er immer noch wie besessen verschiedene Drohungen aussprach und wild um sich schlug. Und als er dann kurz darauf wieder einen Ast hochschleuderte und dieser nur knapp die Jungs im Baum verfehlte, näherte sich Herr Roht dem Schüler und versuchte ihn festzuhalten. Tobias Gesicht lief rot an und wurde von einem merkwürdigen Lächeln durchzogen.

„Pack mich nicht an oder willst du was auf die Fresse?" Blitzschnell flogen Tobias Fäuste durch die Luft und trafen immer wieder den Kopf und die Schultern des Lehrers, der sich vergebens bemühte, den Schlägen auszuweichen und letztendlich den brüllenden Teenager losließ und zur Seite wich.

Die Situation wurde immer brisanter. Immer wieder versuchten die Lehrer den wütenden Schüler zu bändigen und ich fragte mich im Stillen, wie lange es wohl noch dauern würde. Schließlich gelang es dem Sozialpädagogen, der in diesem Moment rein zufällig auf dem Weg zu seinem Auto war und durch lautes Brüllen auf die Auseinandersetzung auf der Wiese aufmerksam gemacht wurde, den Schüler mit einem Polizeigriff zu fixieren, und nach wenigen Minuten lag dieser mit einem verzehrten Gesicht auf dem Rasen.

Der Sozialpädagoge beugte sich über Tobias. „Ich lasse dich los, wenn du dich beruhigt hast. Hörst du mich?"

„Du Kanacke, du Arsch! Ich mach` dich tot!"

Tobias versuchte seine Beine und Arme zu befreien, die der Sozialpädagoge auf dem Rücken fest hielt. Er schüttelte den Kopf, hielt kurz inne und spuckte dem Sozialpädagogen ins Gesicht. Der Sozialpädagoge blieb aber ruhig und wischte sich lediglich die Spucke mit seiner Schulter weg.

„Ich lasse dich gleich los, du stehst auf und gehst langsam zum Schultor. Ich will dich hier heute nicht mehr sehen. Hast du mich verstanden?" Er schaute Tobias in die Augen und wiederholte mit gedämpfter Stimme: „Hast du mich verstanden?"

Sobald er spürte, dass Tobias keinen Widerstand mehr leistete, ließ er seine Beine und Arme langsam los, richtete sich auf, trat einige Schritte zurück und blieb zwischen dem Schüler und den Kollegen stehen.

„Ich warte", seine tiefe laute Stimme hallte über die Wiese.

Es dauerte eine Ewigkeit bis sich der Schüler rührte und mit einem Hass erfüllten Blick die Lehrer anschaute, die schweigend um ihn herum standen. Zornig spuckte Tobias zu Boden, stand auf und klopfte sich den Dreck von der Kleidung. Und während er erhobenen Hauptes über die Wiese marschierte und von Zeit zu Zeit wütende Blicke über die Schulter warf, kletterten Niklas und Mehmet den Baum herunter und stellten sich zu den Lehrern.

„Zieh dir deine Jacke an, es ist kalt", ich hob die Jacke von Mehmet auf und hielt sie dem Schüler entgegen. Ich wartete bis er sich angezogen hatte und ging mit den Schülern zusammen in den Klassenraum.

Gewalt gegen Lehrer

Die Übergriffe und Anfeindungen von Schülern und Eltern auf Lehrer nehmen stark zu. Die Lehrer werden nicht nur beschimpft und bedroht, sondern auch tätlich angegriffen. Seit Jahren steigt die Zahl der körperlichen und verbalen Angriffe auf das Lehrpersonal durch Schüler und Eltern. In Berlin verdoppelte sich dir Zahl seit 2010 sogar.

Der Pädagogen-Verband VBE hat eine bundesweite Forsa-Umfrage unter fast 2000 Lehrern in Auftrag gegeben, mit erschütterndem Ergebnis.

So hat sich gezeigt, dass ein Viertel der Befragten bereits beleidigt und bedroht wurde.

In Zahlen ausgedrückt, bedeutet dies immerhin 175.000 betroffene Lehrer. 45.000 Lehrer, also 6 Prozent, berichten von körperlichen Attacken.

Die Verrohung der Gesellschaft schreitet voran. Vor Autoritäten wie am Beispiel der Polizei ebenfalls zu erkennen, gibt es keinen Respekt mehr. Die Sprache verkommt und Konflikte eskalieren. Diese negative gesellschaftliche Entwicklung hat längst Einzug in Schulen gehalten. Fünfundfünfzig Prozent der befragten Lehrkräfte geben zu, dass es an ihren Schulen in den letzten fünf Jahren Angriffe in Form von Bedrohungen, Beleidigungen, Mobbing, Beschimpfungen, also psychischer Gewalt gab. Davon selbst betroffen war ein Viertel der Befragten.

Der Bundesvorsitzende stellt klar heraus. Diese Problematik existiert öffentlich nicht und wenn, dann wird es kleingeredet. Nach dem Motto; das gehört zum Beruf des Lehrers. Dies ist die schlimmste Relativierung für Betroffene. Es gibt keinen Job bzw. ist mir keiner bekannt, bei dem sich die Arbeitnehmer psychischen und physischen Angriffen aussetzen müssen, außer professionellen Kampfsportgruppen.

Der fehlende Punkt

Es war ungewöhnlich leise, als ich mit Niklas und Mehmet den Klassenraum betrat. Die anderen Schüler saßen an ihren Plätzen und schienen in ihre Aufgaben vertieft zu sein. Diana kaute an einem Bleistift herum und blätterte in ihrem Mathebuch. Thorsten rechnete halblaut, strich aber die eingetragene Antwort immer wieder durch und rechnete die Aufgabe neu. Keiner regte sich auf, fluchte oder warf mit Beschimpfungen um sich. Niklas huschte unauffällig zu seinem Platz und versteckte sich sofort hinter dem Mathebuch, um den Blicken seiner Mitschüler zu entkommen.

Ich wirkte ruhig und gefasst. Nichts verriet von einer Gewalttat auf dem Schulhof, der ich erst wenige Minuten zuvor ausgesetzt war. Sachlich erkundigte ich mich nach dem Unterricht, schaute manchen Schülern über die Schulter und erst dann berichtete ich dem Referendar vom Vorfall auf dem Schulhof: trocken und emotionslos, so als würde ich eine Bauanleitung vorlesen. Die Tatsache, dass ich mit Schlägen und Tritten traktiert worden war, erwähnte ich nebenbei.

Das Blättern der Seiten ließ nach und ich spürte, dass auch die Schüler jedem Wort von mir lauschten. Ich fragte mich, ob es ein Hauch vom Mitgefühl war oder reine Neugierde, die die Schüler verstummen ließ, wurde aber im nächsten Moment aus meinen Gedanken zurückgeholt.

Frau Winter, die den Klassenraum unbemerkt betrat, näherte sich mir und legte die Hand auf meine Schulter. Diese leichte Berührung ließ mich zusammenzucken. Frau Winter schaute mich besorgt an. „Wie fühlst du dich?"

Eine sanfte Berührung sowie eine aufrichtige Anteilnahme meiner Kollegin brachten mich aus dem Konzept und ich musste verwundert feststellen, dass die Stärke, die mir in der letzten Stunde Kraft gegeben hatte, auf einmal nicht mehr da war. Meine Knie wurden weich und ich musste mich hinsetzten. Gleichzeitig fühlte ich, wie mir die Tränen langsam über die Wangen rannen. Ich drehte mich von der Klasse weg, damit die Schüler nichts von meiner Schwäche mitbekamen. Martin reagierte blitzschnell und lenkte die ganze Aufmerksamkeit der Schüler auf sich.

„Lass uns rausgehen." Frau Winter nahm meine Jacke und begleitete mich aus dem Klassenraum. Während wir langsam zum Lehrerzimmer liefen, teilte Frau Winter mir mit, dass Tobias kurz zuvor von der Polizei abgeholt wurde.

Aufmerksam hörte ich Schilderungen der jungen Kollegin zu und musste mit Erstaunen feststellen, dass ich lediglich auf Fakten aus war und zwar solche, die den weiteren Verlauf darstellten, nachdem ich mit Niklas im Schulgebäude verschwunden war. Ich ärgerte mich im Stillen über ausschweifende Ausführungen der Kollegin, hatte aber keine Lust, sie zu unterbrechen oder präzise Fragen zu stellen. Plötzlich überkam mich die Erkenntnis, dass Tobias Unterbringung auf der Wache mir weder Freude, noch Erleichterung brachte. Es war lediglich der fehlende Punkt in so einer langen Liste der Tagesereignisse.

Die Koch-AG

Die Schulstunde war noch nicht zu Ende und die wenigen Kollegen, die aus dem GU-Unterricht zurückkamen, um an der obligatorischen Lehrerkonferenz teilzunehmen, kümmerten sich gerade um das Mittagessen.

Gewöhnlich verwöhnte die Koch-AG des achten Jahrgangs die Lehrer mit einem hausgemachten Schmaus: ob es Spagetti Bolognese oder ein Kartoffelauflauf war, die Schüler legten sich richtig ins Zeug und präsentierten stolz ihr Ergebnis. Die Koch-AG lief sehr gut und war bei den Schülern beliebt. Da musste man weder rechnen noch schreiben können, was vielen Schülern sehr schwer fiel und aus diesem Grund oft verweigert wurde. In der Koch-AG konnte man endlich Spaß haben und Erfolgserlebnisse sammeln. Selbst das so gehasste Lesen bereitete plötzlich Freude, wenn es einmal hieß, ein leckeres Rezept in einem Rezeptbuch zu finden und es vorzustellen. Alle Schüler waren derart auf den Inhalt konzentriert, dass sie Spott und Beleidigungen für eine kurze Zeit vergaßen. Und plötzlich rissen sich faule und unmotivierte Drückeberger darum, einkaufen zu gehen und ein Menü auszuarbeiten.

Die Sozialpädagogin, die diese AG leitete, berichtete immer wieder vom hohen Einsatz der Schüler, den sie an den Tag legten. Und nicht nur das Kochen bereitete ihnen Freude, sondern auch das gemeinsame Essen am gedeckten Tisch. Für viele war es neu und fremd, aber trotzdem oder vielleicht deswegen genossen sie dieses Beisammensein.

An diesem Donnerstag musste die Koch-AG zum Ärger der Schüler und zum Bedauern aller Lehrer ausfallen, weil die Sozialpädagogin krank war. Fürsorglich suchte die Schulsekretärin verschiedene Flyer vom Lieferservice zusammen und legte sie den hungrigen Kollegen auf den Tisch. Der Tag versprach lang zu sein, denn der Vorfall auf dem Schulhof machte schon im Kollegium seine Runde und wurde zum Thema Nr. 1 der Tagesordnung für die anstehende Lehrerkonferenz.

Der Gedanke macht sich breit

Ich mied das große Lehrerzimmer und steuerte das kleine Büro an, um zahlreichen Fragen vorerst aus dem Weg zu gehen. Ich wollte Zeit für mich selbst haben, um zu begreifen, was geschehen war und zog mich zurück. Am liebsten würde ich direkt nach Hause fahren, die Tür hinter mir schließen und alles vergessen oder sogar aus dem Gedächtnis löschen. Leider hatte das Gedächtnis keine Formatierungstaste zur Verfügung und somit musste ich tatenlos zusehen, wie der Gedanke, von einem Schüler verprügelt worden zu sein, sich in meinem Kopf breit machte.

Das Büro war ausnahmsweise frei war und ich setzte mich auf die Liege, die fast immer von den kränkelnden oder verletzten Schülern besetzt war, sobald die laute Pausenschelle eine neue Stunde ankündigte. Immer wieder suchten Unterrichtsverweigerer das Büro auf, um sich krank zu melden und sich eine kleine Pause in so einem anstrengenden Schulalltag zu gönnen. Die kalte Liege mit einer warmen Decke schien tatsächlich Wunder vollbringen zu können und wirkte auf die Schüler magisch, indem sie diese von den Schmerzen erlöste, sobald es wieder zur Pause klingelte.

Aber jetzt stand das Büro leer und ich freute mich über diese seltene Ausnahme. Ich machte es mir auf der Liege bequem und zog die Beine hoch. Es war sehr kalt und ich fror. Statt mir aber eine Jacke überzuziehen oder mir eine Decke überzuwerfen, saß ich wie erstarrt da und schaute aus dem Fenster. Ich zitterte am ganzen Körper, merkte es aber nicht.

„Lea, trink mal einen Kaffee! Du zitterst ja." Monika stellte einen großen Becher heißen Kaffee auf den Tisch. „Was soll ich für dich bestellen?", sie breitete den Flyer von einem Lieferservice vor mir aus und hielt mir einen Bleistift entgegen.

„Danke, ich habe keinen Hunger.“

„Jetzt vielleicht nicht, aber in einer Stunde ganz sicher“, Monika ließ nicht locker, schaute mich besorgt an und drückte mich mütterlich an ihre Brust.

Ein Brechreiz überkam mich und ich musste nach Luft schnappen. Ungewollt ekelte ich mich vor der Umarmung und wunderte mich selbst darüber. Ich verstand, dass Monika mir Trost spenden wollte, den ich leider, aus mir unerklärlichen Gründen, nicht annehmen konnte. Mein Körper sträubte sich plötzlich gegen jede Berührung und die Nähe zu einer anderen Person empfand ich als sehr unangenehm. Dieses neue Gefühl war nicht nur fremd, sondern löste in mir noch mehr Unsicherheit und Verwirrung aus.

Zaghaft schob ich Monika beiseite und tat so, als ob ich mich für den Flyer interessieren würde. Die kleinen Buchstaben machten einen wilden Tanz und erschwerten das Lesen.

„Ich nehme Nr. 56“, fügte ich schnell hinzu und kreuzte die Nummer an, ohne gelesen zu haben, was ich mir bestellte.

Leere Klassenkassen

Kurz nach 13 Uhr war es so weit und die laute Schulglocke kündigte das Ende eines so aufregenden Schultages an. Die Schüler eilten fröhlich dem Ausgang entgegen und zerstreuten sich in alle Richtungen. Manche kletterten über den Zaun, um den Weg zu verkürzen, und landeten zum Entsetzten der Autofahrer direkt auf einer stark befahrenen Landstraße. Die anderen hatten mehr Glück, weil sie in einem warmen Taxi nach Hause gefahren wurden und somit dem starken Wind entkamen, der in Sekundenschnelle die dickste Winterjacke durchdringen konnte und jeden einzelnen zum Frösteln brachte. Zielstrebig liefen die Kids auf das Taxi zu, das auf sie am Schultor wartete. Der lange Taxibegleiter nahm eilig die letzten Züge seiner Zigarette, machte sie aus und warf den Zigarettenstummel in eine Mülltonne. Mit der gewohnten Bewegung machte er eine Autotür auf und schaute den Schülern beim Einsteigen zu. Anschließend kontrollierte er, ob alle einen Sicherheitsgurt angelegt hatten, und nahm auf dem Beifahrersitz Platz. Der Minibus wendete und schlenkerte langsam durch zahlreiche Schlaglöcher des weichen Bodens des Wohnungswaldes.

Sobald der Schulhof leer wurde, schnappte ich mir meine Jacke und ging hinaus. Ich brauchte Luft zum Atmen, um wieder klar denken zu können. Der Himmel war von dunklen grauen Wolken überzogen, die sich mit Regen voll gesaugt hatten und tief über den Bäumen hingen, sodass kaum Licht durchsickern konnte. Und wenn auch die Uhr etwas anderes berichtete, brach die Dunkelheit langsam ein und verbreitete sich über dem Schulgelände. Der Regen ließ nach, aber der beißende Wind nahm an Stärke zu und peitschte mein Gesicht aus. Ich drehte mich nicht einmal weg, sondern blieb da stehen und starrte auf den Schulhof.

Irgendwann schreckte ich von einem lauten Türknallen auf und schaute hoch. Frau Mölls, die Klassenlehrerin von Tobias, stieg aus ihrem Auto und holte einen schweren Korb aus dem Kofferraum. Auf dem Weg zur Schule hatte sie, wie alle anderen Lehrer, noch schnell für die nächste Woche eingekauft: Milch, Kellogs und Kekse. Trotz leerer Klassenkassen wollten die Lehrer auf ihre wöchentlichen Einkäufe für die Klasse nicht verzichten. Wie immer streckten sie das Geld vor und hoben den Kassenbon auf, obwohl sie ganz genau wussten, dass sie auch dieses Mal auf ihren Kosten sitzen bleiben werden.

Viele Eltern bezogen Hartz 4 oder sahen es einfach nicht ein, in die Klassenkasse einzuzahlen. Für manche Familien hatte man Verständnis, weil sie auf jeden Euro angewiesen waren und ihn drei Mal umdrehen mussten, bevor er ausgegeben wurde. Es gab aber Familien, die das Geld lieber für andere Sachen ausgaben als für die Schulsachen der Kinder. Deren Wohnungen waren mit den neuesten Computern und Flachbildschirmen ausgestattet. Während des Elternsprechtages wurden die tollsten Handys lässig auf den Tisch gelegt. Die Kinder dagegen mussten sich durch den Schulalltag durchschnorren, um überhaupt im Unterricht mitarbeiten zu können. Weder Erinnerungen noch weitere Maßnahmen halfen, das so nötige Geld einzusammeln. Manchmal überlegte man sich, solche Schüler vom gemeinsamen Frühstück auszuschließen oder ihnen die Ausgabe von Stiften und Heften zu verweigern. Aber man brachte es nicht übers Herz, weil man ganz genau wusste, dass die Kinder ihr Zuhause hungrig verlassen hatten und keine andere Mahlzeit in Sicht war. Wie sollte man sich auf den Unterricht konzentrieren, wenn der Magen knurrte? Und so spendierte man seiner Klasse Woche für Woche das Frühstück und besorgte das fehlende Schulmaterial.

Frau Mölls schloss ihr Auto ab und lief über den Lehrerparkplatz, als sie mich plötzlich bemerkte.

„Hi, alles klar? Du siehst aber müde aus. Hast du einen anstrengenden Tag hinter dir?"

„Ich muss dir noch etwas erzählen." Ich schaute meine Kollegin an, schnappte nach Luft und versuchte meine Gedanken zu sortieren, um sie anschließend in ordentliche Sätze zu verkleiden. In wenigen Worten berichtete ich Frau Mölls vom Vorfall auf dem Schulhof.

Bloß weg hier

„Entschuldigung, wie komme ich zum Lehrerzimmer?" Eine freundliche Männerstimme erklang plötzlich neben mir und holte mich abrupt aus meinen

Gedanken. Erst jetzt merkte ich, dass ich immer noch auf dem Schulhof stand und schaute schnell auf die Uhr. Mit Erstaunen stellte ich fest, dass ich schon seit einer halben Stunde in dieser Kälte ausharrte, ohne sie wahrgenommen zu haben.

„Wie komme ich denn zum Lehrerzimmer?", wiederholte der junge Mann seine Frage ungeduldig.

Erst jetzt bemerkte ich den kleinen roten Wagen mit der Anschrift „Pizzataxi" darauf, der neben dem Schultor parkte. Im Tor stand ein junger Mann, beladen mit einer großen Styroporkiste und schlotterte vor Kälte.

„Entschuldigung, der Eingang ist vorne rechts." Ich begleitete den Pizzalieferanten bis zum Lehrerzimmer, hielt ihm die Tür auf und betrat anschließend selbst den Raum.

Ich spürte, dass meine Hände vor Kälte starr wurden und sich kaum bewegen ließen. Die Fingerspitzen, die weiß angelaufen waren und kaum Gefühl hatten, bildeten einen unheimlichen Kontrast zum Rest der Hand, die durch ihre rot-bläuliche Verfärbung merkwürdig aussah. Ohne meine Jacke auszuziehen, setzte ich mich hin und wartete angespannt auf Fragen von den Kollegen. Schon in der Tür spürte ich zahlreiche Blicke, die mich bis zu meinem Platz begleiteten und fühlte mich dabei sehr unwohl.

„Das Essen ist da", verkündete Monika fröhlich und delegierte den Pizzamann zum kleinen Tisch am Fenster, der heute als Buffet diente. Die zahlreichen Broschüren und Hefte mussten den schneeweißen Servietten weichen und die Bleistifte und Kugelschreiber wurden schnellstens durch Messer und Gabeln ersetzt. Und nun sah der Tisch gar nicht so klein aus, sondern bot viel Platz für verschiedene Leckereien. Die Pizzakartons und kleine Aluschalen mit Nudelgerichten wurden in Handumdrehen verteilt, und der kräftige Duft von Oregano verbreitete sich blitzschnell im Raum und vermischte sich mit anderen Aromen.

Ich betrachtete eine Zeit lang die mittelgroße Aluschale, die vor mir auf dem Tisch stand.

„Du hast noch Pizzabrötchen dazu bestellt. Sie liegen drüben auf dem Tisch", die Schulleiterin lächelte mich an und schob ihren Stuhl näher an mich heran. „Den Vorfall auf dem Schulhof werden wir morgen in der zweiten Stunde besprechen. Und nun iss!"

Ich stocherte lustlos in meinem Essen herum, schichtete die Erbsen über die Nudeln, vermischte sie nachher und pulte schließlich die Erbsen wieder heraus. Irgendwann steckte ich mir eine Nudel in den Mund und kaute langsam daran. Die Nudel schmeckte nach nichts, oder so kam es mir zumindest vor. Langsam schob ich den Teller beiseite und schüttete mir Mineralwasser ein. Mit einem Glas in der Hand schaute ich den Kollegen zu, die ihr Essen genussvoll verzehrten und sich dabei leise unterhielten.

Ich konnte dem Erzählten nur schwer folgen, verlor ständig den Faden und musste immer wieder feststellen, dass ich in meinen Gedanken nicht im Lehrerzimmer, sondern auf dem kalten Schulhof war. Ich fror immer noch und kuschelte mich in meine warme Winterjacke ein.

Wie gerne würde ich jetzt aufstehen und das Lehrerzimmer verlassen. Am besten sofort wegfahren, weg von der Schule und von alldem, was ich heute erlebt hatte, weg von allen Fragen und Besprechungen, weg von mir selbst.

Der Alptraum

Es war eine schlimme schlaflose Nacht und es kam mir vor, als würde sie kein Ende nehmen. Unruhig warf ich mich in meinem Laken hin und her, Schutz suchend vor den Bildern, die vor meinem inneren Auge aufblitzten. Mal war es der Schulhof, der ohne Schüler leer und verlassen wirkte; mal der Grundschüler, der mit weit aufgerissenen Augen am Boden lag und seine Hände schützend vor dem Kopf hielt. Plötzlich verschwand der Schüler und an dessen Stelle formte sich ein anderes Gesicht, das immer größer und größer wurde und endlich über mich ragte. Die letzten Bilder waren etwas durcheinander: breites Grinsen vermischte sich mit den Fäusten und Schuhsäulen, verblasste anschließend und wurde dann zu einem schwarzen langen Tunnel, in dem ich mich gefangen gehalten fühlte. Ich wollte weglaufen, doch es war, als hätte ich auf einmal Bleifüße und konnte mich nicht von der Stelle rühren. Ich war dazu verdammt, mir diese Bilder immer wieder anzusehen und es war kein Entkommen in Sicht.

Schweißgebadet schreckte ich auf und tastete wild nach dem Lichtschalter. Ich sehnte mich nach dem ersten Tageslicht, das mich in den Alltag zurückholen und mich von diesen schrecklichen Bildern und Gedanken erlösen würde. Immer wieder ging ich den Vorfall auf dem Schulhof im Kopf durch und fragte mich, was ich anders hätte machen können, um die derartige Eskalation zu unterbinden. Was hatte ich falsch gemacht und warum hatte ich die Gefahr nicht auf mich zukommen sehen? Ich hinterfragte stets, ob meine Vorgehensweise korrekt war und zweifelte meine Kompetenzen an.

Unruhig wälzte ich mich im Bett und versuchte, eine bequeme Lage für meinen geschundenen Körper zu finden. Aber nicht mal eine Wärmeflasche spendete eine erwünschte Linderung und so nahm ich mir vor, am nächsten Tag unbedingt einen Arzt aufzusuchen und mich durchchecken zu lassen. Ich überlegte kurz, mich krank zu melden, verwarf aber diesen Gedanken im nächsten Moment, weil eine wichtige Besprechung bezüglich des Vorfalls auf dem Schulhof meine Anwesenheit verlangte.

Es war noch dunkel, als der schrille Ton meines Weckers endlich das Ende der Nacht und somit auch eine Grübelpause verkündete. Müde schob ich meine

Bettdecke beiseite und setzte mich auf die Bettkante. Draußen heulte der Wind und die grauen Regenwolken verloren ihre ersten kräftigen Regentropfen, die vom Wind sofort aufgefangen und gegen das Fenster geschmettert wurden. Langsam liefen sie die Fensterscheibe herunter und verloren unterwegs an Fülle und Form. Es war so, als ob die Natur selbst weinen würde und ich spürte, wie meine Augen sich kurzerhand mit Tränen füllten.

„Reiß dich zusammen!" Ich wischte mir die Tränen weg und steuerte das Bad an. Gleich würden meine Kinder aufwachen und dann muss alles schnell gehen: das Frühstück vorbereiten, Pausenbrote schmieren, die Kinder zur Schule bringen und anschließend selbst zur Schule fahren. Schule… Ich blieb kurz stehen, schüttelte energisch den Kopf und stieß die Badezimmertür auf.

Angst vor der Schule

An diesem Morgen fuhr ich früher als gewöhnlich zur Schule. Auf dem Stundenplan standen sechs Unterrichtsstunden in drei verschiedenen Klassen. Aber die Klasse von Tobias war nicht darunter, was mich einigermaßen beruhigte und mir Zeit verschaffte, mich darauf besser einzustellen. Ich wusste, dass es sich nicht vermeiden ließe, den Vorfall auf dem Schulhof mit den Schülern zu besprechen, und ich fürchtete mich vor diesem Gespräch.

Ich stellte mein Auto ab und stieg langsam aus. Einen Moment zögerte ich, blieb am Kofferraum stehen und schaute auf den Schulhof. Ein komisches Gefühl machte sich in mir breit. Ich konnte nicht sagen, ob das Scham war, von einem Schüler verprügelt worden zu sein, oder die Angst, das Erlebte noch einmal durchzumachen, aber plötzlich war mir klar, dass ich mich dazu zwingen musste, die Schule zu betreten. Mit jedem Schritt wurden meine Beine immer schwerer und das Herz pochte immer schneller.

Ich machte die Tür zum Lehrerzimmer auf und schaute in die Dunkelheit hinein. Lediglich die ersten Tische und Regale wurden vom Licht aus dem Flur beleuchtet und ich arbeitete mich im Dunkeln vor. Die große Uhr an der Wand zeigte kurz nach sieben, viel zu früh für das tägliche Getümmel. Im leeren Lehrerzimmer blieb ich stehen und schaute unsicher zur Kaffeemaschine hin. Die schlaflose Nacht war mir deutlich anzusehen: Blasse Gesichtsfarbe und dunkle Augenringe ließen sich nicht verbergen. So müde wie ich war, konnte ich gut einen großen Kaffeebecher vertragen. Andererseits wollte ich so schnell wie möglich das Lehrerzimmer verlassen, um den Fragen der Kollegen aus dem Weg zu gehen. Vergessen, verdrängen oder den Tag aus meinem Gedächtnis komplett löschen. Das war mein sehnlichster Wunsch.

„Guten Morgen, Lea. Schön, dass du schon da bist", die Schulleiterin berührte mich am Arm und holte mich aus meinen Gedanken zurück. „Wir treffen uns in der großen Pause bei mir im Büro und gehen den Vorfall auf dem Schulhof einmal durch. Alle beteiligten Personen sind anwesend."

„Tobias auch?" Ein kalter Schauer lief mir den Rücken hinunter.

„Nein. Er wurde bis aufs weitere vom Unterricht ausgeschlossen und muss zuerst psychologisch begutachtet werden."

Ich atmete tief aus und merkte, dass meine Beine auf einmal schwach wurden. Langsam lehnte ich mich gegen die Wand und schaute der Schulleiterin ins Gesicht.

„Geht`s dir nicht gut?"

„Doch, hab nur schlecht geschlafen. Brauchst du einen schriftlichen Bericht von mir?"

Die Schulleiterin überlegte kurz und nickte mit dem Kopf.

„Keine schlechte Idee. Schreib bitte kurz auf, was passiert ist."

Die Gewaltbereitschaft in der Gesellschaft

Der Unterricht an diesem Tag verlief zäh. Ich konnte mit Sicherheit behaupten, dass die Schüler nichts Neues dazu gelernt hatten. Ich selbst würde so einen Unterricht eher als Kinderbetreuung bezeichnen. Statt Hausaufgaben zu kontrollieren und neue Arbeitsblätter mit den Schülern zu bearbeiten, kochte ich für alle einen Tee, teilte Klassendienste für die nächste Woche ein und verteilte zum Schluss verschiedene Brettspiele.

„Frau Peters, spielst du mit?" Ein großer schlanker Junge mit strubbeligen blonden Haaren mischte schnell Karten und machte dabei eine große Kaugummiblase, die schon bald mehr als die Hälfte seines Gesichtes einnahm.

„Was spielen wir?" Ich holte meinen gepolsterten Stuhl vom Lehrerpult und steuerte eine Schülergruppe an, die sich um den blonden Jungen versammelt hatte.

„Mau, Mau", der Junge grinste und schaute mich herausfordernd an.

„Gerne. Wer spielt sonst mit?" Ich warf einen kurzen Blick auf die Schüler, die um den Tisch herum standen und mich breit angrinsten. Energisch schüttelten sie den Kopf.

„Wie? Habt ihr keine Lust?"

„Stimmt es, dass Tobias gestern eine Lehrerin verprügelt hat?" Ibrahim legte die Karten auf den Tisch und schaute mich an. Die Frage erwischte mich plötzlich und unerwartet. Betont langsam nahm ich die Karten vom Tisch, mischte sie noch einmal und teilte aus. Eine ungewöhnliche Stille brach an und acht neugierige Augenpaare hafteten auf mir. Ich legte die Karten auf den Tisch und schaute jedem einzelnen Schüler ins Gesicht. Minuten verstrichen bis ich mich gefasst hatte und reden konnte.

„Ja. Das stimmt. Und was haltet ihr davon?"

„Asi... Opfer... Spasti..." Die Schüler suchten nach passenden Bezeichnungen für Tobias und seine Tat.

„Wer von euch schaut Nachrichten?" fragte ich plötzlich leise.

Die Schüler schauten sich um und schüttelten den Kopf.

„Vor einigen Wochen berichtete man von einem Vorfall auf dem Berliner Bahnhof."

„Das hab ich mal gehört." Vivien machte eine große Kaugummiblase, ließ sie laut platzen und schob sich die zerfetzte Kaugummimasse mit ihrer Zunge in den Mund. „Da wollte ein Typ einem Mädchen helfen und wurde von drei Spastis verprügelt. Ich glaube, er ist im Krankenhaus gestorben."

Ich nickte und erzählte ausführlich von dem Mädchen, dass von drei angetrunkenen jungen Männern belästigt wurde; von dem Mann, der ihr zur Hilfe eilte und sich vor das Mädchen schützend stellte und die ihm körperlich überlegenen Männer zur Rede stellte und von zwei kleinen Kindern, die ohne Vater groß werden müssen, weil sein Leben auf dem Berliner Bahnhof durch brutale Schläge und Tritte ausgelöscht wurde. Ich sprach von der Gewaltbereitschaft in der Gesellschaft und deren Folgen, von der Gewalt in den Schulen und auf den Schulhöfen.

Als es zur Pause klingelte, blieben alle Schüler an ihren Tischen sitzen.

„Und welche Lehrerin hat Tobias verprügelt?" fragte Vivien leise.

„Mich." Ich stand von meinem Stuhl auf und schaute die Schüler an. „Der Unterricht ist zu Ende."

Bloß nicht aufgeben

Es war Freitag Mittag, und viele Klassen hatten bereits um zwölf Uhr Schule aus. Schultaschen in der Hand und mit Jacken unterm Arm stürmten die Schüler im Pulk wild kreischend aus dem Schulgebäude und freuten sich auf das bevorstehende Wochenende. Auch das hell beleuchtete Lehrerzimmer wirkte verwaist: wild durcheinander stehende Stühle, leere Wasserflaschen auf den Tischen und benutzte Kaffeetassen im Spülbecken. Die meisten Kollegen traten ihr wohl verdientes Wochenende an und verließen das Schulgebäude.

In der Woche blieben die meisten Lehrer auch nach Schulschluss etwas länger in der Schule. Manche machten Kopien für den nächsten Tag, räumten den Tisch auf oder sprachen leise mit den Kollegen. Es gab welche, die einfach unbeteiligt da saßen und den Tag Revue passieren ließen. Jeder verarbeitete den Schulalltag unterschiedlich, aber alle versuchten das Erlebte in der Schule zu lassen und nicht mit nach Hause zu nehmen. Am Freitag aber blieb kaum jemand länger in der Schule. Ich gehörte zu den wenigen Kollegen, die am Freitag später Schule aus hatten und die sich mit einer maulenden Klasse auseinander setzen mussten. Es war die schwierigste Schulstunde der ganzen Woche, in der es nicht selten knallte. Die Schüler wollten partou nicht verstehen, dass sie auch nur eine Stunde länger in der Schule bleiben sollten.

Die Nerven lagen blank, und jede nur so kleine Unstimmigkeit oder Unklarheit führte automatisch zu einer Eskalation. Es kostete immer viel Überzeugungskraft und Nerven, die Schüler im Klassenraum zu behalten und noch mehr, ihnen etwas beizubringen.

Umso mehr freute ich mich, als die Sozialpädagogin mir vorschlug, mit den Zehnern an einem Parcour im Werkraum teilzunehmen. Ich holte mir einen Kaffee, setzte mich in die hintere Reihe und streckte mich. Die Rückenschmerzen wurden immer stärker und strahlten in die Beine. Ich nahm mir fest vor, nach dem Schulschluss meinen Hausarzt aufzusuchen.

„Frau Peters, guck wie schnell ich das gemacht habe", Patrick hielt seinen Laufzettel hoch und strahlte übers ganze Gesicht. „Guck, hier. Die beste Zeit."

Ich nahm einen Schluck Kaffee, stellte meine Tasse ab und ließ mir von Patrick verschiedene Stationen erklären, die die Schüler durchlaufen mussten.

Auf den ersten Blick schienen die Aufgaben nicht schwer zu sein. Man musste das Nähgarn durch das enge Loch in einer Nadel ziehen, einen Knopf annähen, unterschiedlich große Muttern auf passende Schrauben aufdrehen, einen Turm aus kleinen Holzbalken bauen oder aus einem Draht eine bestimmte Figur machen. Und doch stellte es sich für viele Schüler als eine große Herausforderung dar, weil es dabei nicht nur auf Schnelligkeit ankam. Viel wichtiger war es, sauber und präzise zu arbeiten. Deswegen mussten manche Stationen so lange wiederholt werden, bis die Sozialpädagogin mit dem Ergebnis zufrieden war.

Ich stand in einer Ecke und beobachtete die Schüler, die mit viel Elan und Freude an ihren Stationen werkelten. Hin und wieder konnte man leises Fluchen hören. Mal knallte eine Faust auf die Tischplatte, weil es doch nicht so klappte wie man es wollte, aber keiner rastete aus, legte die Arbeit nieder oder verließ den Raum. Ich war stolz auf meine Schüler, für die es nicht selbstverständlich war, eine längere Zeit an einer Aufgabe dran zu bleiben. Es machte mir richtig Spaß, den Schülern zuzusehen und mit ihnen zusammen zu fiebern.

„Frau Peters, mach doch mit", Marvin hielt einen Laufzettel in der Luft und winkte mich zu sich. „Keine Angst. Ich helfe dir."

Ich nahm seine Einladung lachend an und trug meinen Namen zur Freude aller Schüler auf dem Laufzettel ein. Patrick schnappte sich eine Stoppuhr und erklärte hastig, was bei der ersten Station gemacht werden muss.

„Komm, Frau Peters, du schaffst das!" Die Schüler versammelten sich um mich herum und feuerten mich an. Ismail legte seine Hand auf meine Schulter und bevor ich reagieren konnte, flüsterte er:

„Aber nicht aufgeben, verstanden? So wie du immer zu uns sagst, bis zum Schluss kämpfen."

Zu Tränen gerührt schaute ich den Schüler an: „Ich gebe mein Bestes, Ismail. Versprochen!"

Die letzte halbe Stunde verging sehr schnell. Ich drehte hastig an den Schrauben, formte einen Draht zu einem Stern und versuchte den höchsten Turm in zwei Minuten zu bauen. Zur Freude aller Schüler klappte es bei mir nicht immer perfekt.

„Frau Peters, diese Aufgabe müssen Sie noch einmal wiederholen." Die Sozialpädagogin schaute mich streng an. Und als sie den ersten Versuch auf meinem Laufzettel durchgestrichen hatte, brachen alle Schüler und ich in Lachen aus.

Endlich geschafft

Als die Schulglocke das Ende eines Schultages einläutete, verabschiedete ich die Schüler ins Wochenende. „Kommt alle gut nach Hause. Wir sehen uns am Montag wieder."

Ich schaute den Schülern nach und als der letzte lachend und kreischend den Klassenraum verlassen hatte, lehnte ich mich müde an die Fensterbank und schaute mich um: leere Flaschen, zerknülltes Papier und umgeworfene Stühle auf dem Boden, dreckiges Geschirr im Waschbecken. Aber das war mir heute egal. Ich hatte bewusst darauf verzichtet, die Schüler länger im Klassenraum zu behalten, bis alles aufgeräumt war. Heute wollte ich jeglicher Diskussion aus dem Weg gehen: Wer hat Papierbälle geworfen und wer fegt den Boden? Wer hat heute früh gefrühstückt und wer spült das Geschirr? Wer gießt die Blumen und macht das Fenster zu? Und obwohl jedem Schüler bestimmte Klassendienste wöchentlich zugeteilt wurden, kostete es immer viel Kraft und Zeit, das durchzusetzen.

„Ich bin keine Putze" , „Zuhause muss ich auch nix machen" , „Du verdienst doch genug, kannst selber fegen", bekam ich oft zu hören.

Das ließ ich mir nicht gefallen und sorgte dafür, dass jeder seine Aufgabe sorgfältig ausführte, bevor die Klasse gehen durfte. Wenn es sein musste, stellte ich mich sogar vor die Tür und versperrte den Schülern den Weg. Manchmal sah es lächerlich aus, weil die meisten älteren Schüler mindestens um einen Kopf größer waren als ich . Es war aber auch nicht mein Ziel, mich körperlich mit ihnen anzulegen. Ich wollte lediglich den Schülern deutlich machen, dass die Regeln eingehalten werden müssen.

An diesem Freitag hatte ich aber weder Lust noch Kraft, mich um die Klassenordnung zu kümmern. Ich war froh, den Tag endlich hinter mich gebracht zu haben. Den Tag, der mich viel Kraft und Überwindung gekostet hatte. Ich musste mich stark zusammen reißen, um meine Angst und meine Verzweiflung vor den Schülern und vor den Kollegen zu verbergen. Mein Herz raste und ich konnte meinen Herzschlag deutlich hören. Im Stillen hoffte ich, die anderen nehmen ihn nicht wahr. Der Kopf pochte und der Mund war so trocken, dass ich ständig zur Wasserflasche greifen musste. Die Rückenschmerzen waren nicht mehr auszuhalten.

Nun waren alle Schüler weg, und ich merkte langsam, wie die große Anspannung in totale Müdigkeit und Leere umschlug. Ich lehnte meinen Kopf gegen die kühle Fensterscheibe und machte die Augen zu.

Der Weg in die Isolation

Die nächsten Wochen verbrachte ich zu Hause, und mit jedem Tag zog ich mich immer weiter zurück. Meine Einkäufe erledigte ich am frühen Morgen, während die meisten noch am Frühstückstisch saßen oder auf dem Weg zur Arbeit waren. So konnte ich sicher sein, dass ich keinem über den Weg lief. Ich lud meine Freunde immer wieder aus und ließ das Telefon so lange klingeln, bis sich der Anrufbeantworter einschaltete.

„Sorry. Ich habe viel zu tun. Bin in der Schule sehr eingespannt", wiederholte ich immer wieder. Auch Wochen später konnte ich keinem erzählen, dass ein Schüler mich verprügelt hatte und ich seit Wochen krank geschrieben war. Zahlreiche blaue Flecken verblassten schon nach kurzer Zeit und auch die starken Rückenschmerzen ließen nach einigen Sitzungen bei einem Krankengymnasten nach. Geblieben ist die Angst. Die Angst, dem Schüler zu begegnen, der mir das angetan hatte, und die Angst, mit einer ähnlichen Situation konfrontiert zu werden.

Und so freute ich mich über die Möglichkeit, eine Auszeit vom Schuldienst nehmen zu können. Damit mein Lügenkonstrukt nicht zusammenbrach, parkte ich mein Auto hinter dem Haus, wo es keiner sehen konnte und schloss mich in die Wohnung ein.

„Dein Auto steht den ganzen Tag hinter dem Haus. Musst du nicht arbeiten? Oder hast du einen zweiten Wagen?", wollte eine Nachbarin eines Tages wissen, als ich mit einer Mülltüte in der Hand die Treppe herunter lief. Und ohne meine Antwort abzuwarten, fuhr sie fort. „Ihr Lehrer habt`s einfach zu gut. Lebt wie die Made im Speck und kennt keine Sorgen. Weißt du überhaupt, wie es ist, wenn das Geld knapp wird? Manchmal muss ich mit wenigen Euros am Tag auskommen. Muss nach einer Putzstelle suchen, damit wir über die Runden kommen. Und du? Eine sichere Arbeitsstelle, gutes Gehalt, kurze Arbeitszeiten und viele Ferien."

Sicherlich hätte ich ihr eine andere Seite des Lehrerberufs aufzeigen können, die wie ein Eisberg verborgen im dunklen Wasser lag und von keinem wahrgenommen wurde. Ich hätte ihr von den Schülern erzählen können, die über Tische und Bänke gehen, sich und andere Kinder verletzen, Lehrer beleidigen und körperlich angreifen. Oder von den ausgebrannten Kollegen, die ihren Beruf im Grunde genommen nicht mehr ausüben können und trotzdem jeden Tag in die Schule gehen, weil sie keine Alternativen haben. Ich hätte ihr viel über den Schulalltag und den „sicheren" Lehrerberuf erzählen können, aber ich wollte es nicht. Soweit es ging, mied ich das Thema Schule, um nicht an die schrecklichen Bilder vom Schulhof erinnert zu werden.

„Entschuldigung, ich habe es eilig", ich drehte mich von der Nachbarin weg und lief die Treppe hinauf. Vor der Wohnungstür blieb ich kurz stehen, klopfte meine Jackentaschen ab und holte den dicken Schlüsselbund raus. Erst als ich die Tür hinter mir zugezogen hatte und mich dagegen anlehnte, merkte ich, dass ich immer noch eine Mülltüte in der Hand hielt. „Kann ich später runter bringen", dachte ich und ließ sie auf den Boden fallen. In diesem Moment klingelte das Telefon. Eine Zeit lang haderte ich mit mir selbst, ob ich drangehen sollte. Als ich dann endlich am Telefon war und zum Hörer greifen wollte, schaltete sich der Anrufbeantworter ein. Ich zog meine Hand schnell zurück.

„Hi, leider bin ich im Moment nicht zu Hause. Du kannst mir aber eine Nachricht hinterlassen. Ich melde mich sobald ich kann zurück." Dann kam ein langer Piep-Ton und wenige Sekunden später hörte ich eine vertraute Stimme von der Sozialpädagogin aus der Schule.

„Hi Lea, ich wollte mal nachfragen, wie es dir geht. Ich hoffe, du erholst dich bald und meldest dich bei mir...." Nach einer kurzen Pause sprach die Sozialpädagogin zögerlich weiter. „Ich weiß nicht, ob es dir hilft… aber du bist leider nicht die einzige Lehrerin, die in unserer Schule körperlich angegriffen wurde. Ich habe dir eine Mail geschickt…. Melde dich bitte bei mir."

Regungslos stand ich da und versuchte das gerade Gehörte zu verinnerlichen. Es gab anscheinend weitere Kollegen, die von den Schülern zusammengeschlagen wurden und das gleiche wie ich erlebt hatten. Warum wusste ich nichts davon? Warum waren diese Vorfälle nie ein Thema bei unseren zahlreichen Gesprächen? Mein Herz schlug mir bis zum Halse und trotz der kuscheligen Zimmertemperatur fror ich plötzlich genau so wie damals auf dem Schulhof. „Eins, zwei, drei…", ich schloss meine Augen und fing an zu zählen, um meine Atmung wieder unter Kontrolle zu bekommen und die schrecklichen Bilder zu verscheuchen, die sich gerade vor meinem inneren Auge aufbauten. Dreckige Schuhsohlen und geballte Fäuste von Tobias wechselten sich mit dem grinsenden Gesicht des Schülers ab und brachten mich zum Zittern. „Vier, fünf, sechs..." Ich zählte langsam weiter und dachte nach. Seit Wochen war ich auf der Suche nach Antworten auf meine Fragen. „Wie gehe ich mit der Situation am besten um? Wie sieht meine Zukunft aus? Kann ich überhaupt nach so einem Erlebnis in den Schuldienst zurückkehren oder sollte ich auf der Stelle aufgeben und den Lehrerjob quittieren?"

Und nun hatte ich die Möglichkeit, mich mit den Kolleginnen auszutauschen, die das gleiche Szenario erlebt hatten und sich wahrscheinlich die gleichen Fragen gestellt hatten. Ich dachte kurz an den Spruch „Die Zeit heilt." und hoffte, dass die Kolleginnen das erlebte Trauma verarbeitet hatten und nun auch mir helfen konnten. Zögerlich holte ich meinen Laptop aus dem Schrank und fuhr ihn hoch.

„Wo ist denn diese Mail?", aufgeregt überflog ich die zahlreichen Mails in meinem Postfach und stieß endlich auf die Mail von der Sozialpädagogin, die sie schon vor vielen Tagen abgeschickt hatte.

Hallo Lea, es tut mir schrecklich leid, was Dir passiert ist. Wichtig ist, dass Du diesen Vorfall verarbeitest und auf keinen   Fall verdrängst. Im Anhang ist eine Adresse von der Opferambulanz in Deiner Nähe. Tu was für Dich!

„Opferambulanz", dachte ich traurig und las weiter.

Wichtig ist auch, dass Du die Schuld nicht bei Dir selbst suchst. Du hast richtig gehandelt. Jede andere Kollegin hätte an Deiner Stelle sein können. P.S. Gestern habe ich die Schulleiterin gefragt, ob sie mit Dir über die anderen Vorfälle in unserer Schule schon gesprochen hat. Sie meinte, sie habe noch keinen richtigen Zeitpunkt dafür gefunden. Das halte ich für falsch. Ja, es ist leider so. Du bist nicht die einzige Lehrerin an unserer Schule, die von einem Schüler körperlich angegriffen wurde. Eine Kollegin wurde

im letzten Schuljahr krankenhausreif zusammenge-
schlagen. Nachdem sie viele Monate krank geschrie-
ben war, bat sie um eine Versetzung und arbeitet zur
Zeit an einer anderen Schule. Die andere Kollegin
wurde von einem Schüler mit einem Ast geschlagen
und hat sich danach nicht mehr in der Lage gefühlt,
vor einer Klasse zu stehen. Nachdem sie körperlich
wieder fit war, ist sie in eine andere Stadt gezogen
und hat den Lehrerberuf an den Nagel gehängt. Ich
weiß nicht, ob Du einen Kontakt zu den Kolleginnen
aufnehmen möchtest, aber ich schicke Dir schon de-
ren Mailadressen. Vielleicht findet ihr auf diesem
Wege zueinander und tauscht euch aus. Gib mir ein
Zeichen, wann ich Dich besuchen darf.
Viele Grüße
Kerstin

Ohne lange überlegt zu haben, schrieb ich beide
Kolleginnen an. Ich entschuldigte mich dafür, dass ich
so unerwartet in deren Leben platze und sie belästige
und schilderte in wenigen Sätzen vom Vorfall auf dem
Schulhof. „ICH HABE ANGST, WIEDER IN DIE
SCHULE ZU GEHEN", schrieb ich mit großen Buchstaben, und wunderte mich selbst darüber, wie offen
ich zu diesen Menschen war, die ich noch nie in meinem Leben gesehen hatte. Schnell schickte ich die
Mail ab und klappte den Laptop zu. Ich sehnte mich
nach einer Antwort und hoffte, dass zumindest eine
Kollegin sich schon bald meldet.

Gewalt gegen Lehrer –
ein Tabuthema in der Gesellschaft

Gewalt gegen Lehrer wird in der Gesellschaft immer noch totgeschwiegen. So reagierten etwa 15 % der befragten Lehrer nicht auf psychische Angriffe durch Schüler und 35 % ließen sich Angriffe von Eltern gefallen. Der Grund dafür ist eine mangelnde Unterstützung durch verantwortliche Personen, die daraus resultierende Angst vor den möglichen Konsequenzen einer Gegenwehr und Zweifel an ihren Gewinnchancen.

Aus dem Interview mit einer Lehrerin, Realschule

An diesem Tag wurde ich von einem Schüler mit seinem Rucksack verprügelt. Das passierte, nachdem ich die Klasse in die Pause entlassen habe und mich der Schultafel widmete, um sie für die nächste Unterrichtsstunde vorzubereiten. Plötzlich spürte ich einen heftigen Schlag gegen meinen Kopf und fiel zu Boden. Ich sah einen Schüler aus meiner Klasse über mir stehen, der gerade mit seinem prall gefüllten Rucksack ausholte, um mir den nächsten Schlag zu verpassen.

„Nimm deine Entscheidung zurück", brüllte er laut, während er meinen Körper von allen Seiten mit dem Rucksack bearbeitete.

Mir war sofort klar, was der Auslöser für diese Tat war. Am Tag davor habe ich den Eltern dieses Schülers mitgeteilt, dass er wegen seines aggressiven Verhaltens von der Klassenfahrt ausgeschlossen werde. Und nun wollte er mich dazu zwingen, meine Entscheidung zurück zu nehmen. Später wurden zahlreiche Prellungen sowie eine leichte Gehirnerschütterung vom Arzt festgestellt, der mich für einige Wochen krank schrieb. Die Schulleitung hatte kaum etwas unternommen und versuchte den Vorgang zu verharmlosen. „Der Schüler befand sich bestimmt in einem Ausnahmezustand..." Der Ruf der Schule sowie das Schulbild nach außen bedeuteten der Schulleiterin mehr, als das Wohlergehen einer Lehrerin. Ich wollte mich damit nicht zufrieden geben und machte eine Anzeige bei der Polizei, außerdem schaltete ich meinen Anwalt ein. Ich wollte diesem Jungen sowie seinen Freunden ein Denkzettel verpassen und deutlich machen, dass diese Vorgehensweise nicht toleriert wird.

„Was wollen Sie erreichen?", fragte mich mein Anwalt. „Der Junge ist unter vierzehn und nicht strafmündig. Sicherlich können wir eine Zivilklage einreichen und einen Schadenersatz verlangen. Aber bei der Familie ist nichts zu holen. Seine Mutter ist alleinerziehend und lebt von Hartz 4."

Anschließend folgten zahlreiche Briefe zwischen den Anwälten, und ich musste mich unmöglichen

Fragen stellen wie zum Beispiel, warum sich der Schüler während der Pause im Klassenraum befand. Der Anwalt des Schülers bestritt ein vorsätzliches Handeln seines Mandanten (!) und mir wurde sogar vorgeworfen, den Schüler von hinten gepackt und an den Armen festgehalten zu haben (!). Jetzt war ich an der Reihe mich zu verteidigen und zu rechtfertigen. Es stand Aussage gegen Aussage und ich fühlte mich total machtlos. Mein Anwalt machte mir deutlich klar, dass eine gerichtliche Geltendmachung der Ansprüche ohne Erfolg verlaufen wird, weil der Sachverhalt einer vorsätzlichen Körperverletzung ohne Zeugen nicht bewiesen werden kann…

Dem Schüler wurde auferlegt, sich bei mir zu entschuldigen, was er auch mit einem breiten Grinsen im Gesicht tat, während er seinen Rucksack hin und her schwingen ließ. Kurze Zeit später bat ich um Versetzung. Ich versuche den Vorfall zu vergessen oder besser gesagt zu verdrängen und hoffe auf einen guten Neustart auf einer anderen Schule.

Wie geht es weiter?

Sechs Monate waren seit dem Vorfall auf dem Schulhof vergangen, und ich stellte mir nun die Frage, ob ich körperlich und psychisch fit war, den täglichen Kampf in der Schule wieder aufzunehmen. Viele Fragen waren immer noch offen und ich hatte nach wie vor ein komisches Gefühl im Bauch, sobald ich an die Schule dachte. Auch wartete ich vergebens auf eine Antwort von den Kolleginnen, die ich vor Monaten angemailt hatte. In den ersten Tagen schaute ich stündlich nach, ob sich jemand schon gemeldet hatte. Ich war richtig nervös und sehnte mich nach einem Kontakt mit den Kolleginnen, die das Gleiche wie ich erlebt hatten und, meinem Gefühl nach, mich besser verstehen konnten. Aber das Postfach blieb leer und meine Enttäuschung wurde mit jedem Tag immer größer. Ich wollte mir kein Urteil über die Kolleginnen erlauben. Sicherlich hatten sie ihre Gründe dafür, keinen Kontakt mit mir aufnehmen zu wollen. Vielleicht versuchten sie genau wie ich das Erlebte zu vergessen oder zu verdrängen. Vielleicht schämten sie sich dafür, von einem Schüler verprügelt worden zu sein. Vielleicht machten sie sich selbst Vorwürfe, die Situation nicht unter Kontrolle gehabt zu haben. Vielleicht, vielleicht, vielleicht... Es gab so viele Möglichkeiten, warum sie nicht antworten wollten und mich alleine mit meinen Gedanken ließen.

Seit dem Vorfall hatte ich Tobias nicht mehr gesehen und mit ihm nicht gesprochen. Lediglich eine kleine Karte mit bunten Blumen darauf erinnerte mich noch an den Tag. Zum wiederholten Mal schlug ich die Karte auf und las die Zeilen, die mit Druckbuchstaben geschrieben wurden: „ES TUT MIR LEID." Ich spürte plötzlich mein Herz schneller pochen und mein Magen verkrampfte sich bei dem Gedanken, dass ich Tobias schon bald wieder unter meinen Schülern haben werde. Ich legte die Karte beiseite und musste mir selbst gestehen, dass ich weit davon entfernt war, die Schule eines Tages als Lehrerin betreten zu können.

Sechs Monate waren seit dem Vorfall auf dem Schulhof vergangen, und ich versuchte immer noch mein Leben in Griff zu bekommen und zu einem normalen Alltag zurück zu kehren. Zu einem Alltag ohne Alpträume und Isolation, ohne Schweißausbrüche und Angstzustände. Zum ersten Mal dachte ich ernsthaft über eine Traumatherapie nach und las mich bei dem Thema ein. Kurz darauf nahm ich meinen ganzen Mut zusammen und vereinbarte einen Termin bei einer Psychologin, die sich auf dem Gebiet Traumabewältigung spezialisierte.

Sechs weitere Monate vergingen, die ich als die härtesten Monate meines Lebens bezeichnen konnte und die mich meine ganze Kraft kosteten. In zahlreichen Therapiesitzungen musste ich mich erneut dem

Vorfall auf dem Schulhof stellen und mich fragen, ob ich in die Schule zurückkehren wollte oder mich um einen anderen Beruf bemühen sollte.

„Hör doch mit dem Scheiß auf und such dir einen anderen Job. Jemand anderer soll sich mit den Blagen auseinander setzen." Nicole machte eine Packung Chips auf und schüttete sie in eine Schüssel. „Wir haben mit diesem beschissenen Experiment angefangen, aber es ist schief gegangen. Schau doch, was die Schule mit dir gemacht hat. Das ist es nicht wert."

„Es geht mir in erster Linie nicht um das Experiment", unterbrach ich sie schnell.

„Aber ums Geld auch nicht, oder?", bemerkte Nicole. Aus meinen Erzählungen wusste sie ganz genau, dass das ein heikles Thema bei mir war. Ich hatte oft das Gefühl, dass die Vertretungslehrer dreist ausgenutzt wurden. Zahlreiche Gespräche mit den Kollegen bestätigten meine Vermutung. Einerseits wurden Vertretungslehrer händeringend von den Schulen gesucht, um den Unterrichtsausfall zu reduzieren. Das Land sprach stolz von zahlreichen Lehrerstellen, die zusätzlich geschaffen wurden und in der Zukunft ausgebaut werden sollten, *„selbst wenn dann die Schulden langsamer abgebaut werden. Team Kraft" (Facebook H.- Kraft,* 06.05.2017)

Die Willkür von den Schulämtern vor Ort, die dafür zuständig waren, die Eingruppierung jedes Einzelnen in einer Entgeltgruppe vorzunehmen, brachte aber viele Vertretungslehrer zur Weißglut. Je nach Stadt und Sachbearbeiter konnte man mit den gleichen Bewerbungsunterlagen und Nachweisen entweder in der Erfahrungsgruppe vier oder aber eins landen. Die Vordienstzeiten wurden nach Lust und Laune anerkannt oder aberkannt. So eine Willkür eines Sachbearbeiters machte eine Differenz von 700,00 Euro im Monat und führte nicht zur besseren Arbeitsmotivation. Wenn man versuchte sich dem Beschluss zu widersetzten, bekam man eine kurze Antwort. „Sofern Ihnen diese Bedingungen nicht zusagen, steht es Ihnen frei, den Vertrag unter Einhaltung der Kündigungsfristen aufzulösen." Nach dem Motto „Nimm, was du kriegst oder geh." Das fanden viele Kollegen nicht nur kränkend, sondern auch ausbeutend.

„Nein, wegen des Geldes bleibe ich definitiv nicht in der Schule. Du weißt, dass eine Vertretungslehrerin viel weniger verdient als eine reguläre Lehrerin, obwohl der Arbeitsaufwand und die Verantwortung dieselben sind."

„Warum denn dann?", ließ Nicole nicht locker und wartete auf eine plausible Erklärung.

„Ich kann es dir nicht erklären." Ich suchte nach einer passenden Antwort, warum mir so viel daran lag, in die Schule zurückzukehren. „Ich habe in der letzten Zeit viele Kinder kennengelernt. Kinder wie Kevin, Puzzle-Dennis und Adler-Fatih..."

„Aber auch Kinder wie Tobias", unterbrach mich Nicole.

„Leider ja. Aber es kann doch nicht sein, dass so ein Schüler mein ganzes Leben umwirft." Eine Zeit lang saßen wir schweigend da und schauten aus dem Fenster. Dann steckte Nicole eine Zigarette an und zog kräftig daran.

„Dein Leben wurde schon umgeworfen und es kann nie wieder so unbeschwert sein wie früher. Du wirst immer ein ungutes Gefühl haben, wenn jemand hinter deinem Rücken steht oder dir zu nahe kommt."

„Tolle Perspektiven", lächelte ich müde. „Ich will es aber trotzdem versuchen. Vielleicht war das nur ein Einzelfall."

„Vielleicht." Nicole rollte die Augen. „Hast du Tobias nach dem Vorfall gesehen?"

„Nein. Er wurde damals von einer Psychologin als gefährlich eingestuft und vom Unterricht ausgeschlossen. Ich weiß noch, dass er medikamentös eingestellt wurde und auf einen Platz in der Klinik wartete. Die Sozialpädagogin hat mir außerdem erzählt, dass die Schulleiterin ihn auf jeden Fall in der Schule behalten wollte."

„Warum denn das?", Nicole drückte ihre Zigarette aus und zündete sofort die nächste an.

„Du wirst zur Kettenraucherin", bemerkte ich. „Wolltest du eigentlich nicht damit aufhören?" Ich konnte es nicht gut heißen, dass meine Freundin in der letzten Zeit immer mehr rauchte und ich versuchte sie davon abzuhalten.

„Vielleicht irgendwann", lachte sie. „Warum will denn die Schulleiterin Tobias in der Schule behalten?

Warum schickt sie ihn nicht auf eine andere Schule?",
wiederholte sie ungeduldig ihre Frage.

„Es wäre schon sein dritter Wechsel. Und die
Schulleiterin macht sich Sorgen, dass er es psychisch
nicht verkraftet und noch mehr austickt." Ich machte
eine lange Pause und klopfte mit meinen Fingernägeln
nervös auf den Tisch.

„Das mag sein. Andererseits können sie nicht zulassen, dass du ihm ständig begegnest. Es wäre eine
Zumutung für dich, ihn zu unterrichten. Und in der
Schule wirst du von den anderen Schülern als Opfer
angesehen und genauso behandelt. Ich bin der Meinung, dass du die Schule auf jeden Fall wechseln und
einen neuen Anfang irgendwo anders versuchen
musst."

Nicole sprach das laut aus, was mich in der letzten
Zeit massiv beschäftigte und mir starke Kopfschmerzen bereitete. Nun wusste ich endlich, was
mich daran hinderte, in der Schule wieder anzufangen.

„Du hast Recht. In dieser Schule kann ich keinen
Fuß mehr fassen."

„Ich würde auch eine andere Schulart nehmen.
Muss es unbedingt eine Förderschule sein? Und
warum hast du dich damals für eine Förderschule entschieden? Du wusstest doch von vorne herein, dass du
keine Förderschullehrerin bist." Nicole bewarf mich
in Sekundentakt mit Fragen, ohne mir eine Möglichkeit zu geben, sie zu beantworten.

Ich lehnte mich auf der Couch zurück, schloss die Augen und dachte an den Tag vor über zwei Jahren zurück, als Nicole und ich bei einem Gläschen Wein über die Inklusion diskutierten, die gerade den Eintritt in die Schulen erhielt und überall im Munde war. Genauso wie meine Freundin konnte ich die Euphorie, die sich ganz schnell um das Thema verbreitete, nicht verstehen und appellierte an einen gesunden Menschenverstand. Wie soll eine Regelschullehrerin die Aufgaben einer Förderschullehrerin übernehmen, ohne dass sie mit dem nötigen Fachwissen ausgestattet wurde? Wie soll sie das fehlende Wissen auf dem Gebiet der Psychologie innerhalb einer kurzen Zeit erwerben, um auch für schwere Fälle gewappnet zu sein? Und während die Politiker Beifall klatschten und die Idee der Inklusion in höchsten Tönen lobten, fühlten sich die Regelschullehrer alleine gelassen und vielen Fragen ausgesetzt, auf die sie keine Antworten wussten: Wer hilft ihnen im Umgang mit einem frühkindlichen Autisten, der in den Klassenverband integriert werden sollte? Wie viel kann man von einem geistig kranken Kind erwarten, ohne dass man es überfordert, aber auch zugleich nicht unterfordert? Wie geht man mit verschiedenen Ausprägungen einer Lernbehinderung um, um das Kind bestmöglich zu fördern? Handelt es sich beim Kind um eine psychische Störung oder ist sein Verhalten einer fehlenden Erziehung geschuldet? Und wie viel Zeit bleibt schlussendlich für die Regelschüler über, die auch noch da sind?

Genau wie alle anderen Regelschullehrer konnte ich zu dem Zeitpunkt diese Fragen nicht beantworten und war auf der Suche nach Antworten. Und wo könnte man sie besser finden als in einer Förderschule, wo jeder Pädagoge im Umgang mit solchen Kindern geschult ist und auf deren Bedürfnisse eingehen kann. Die Tatsache, dass ich auf diesem Gebiet nicht ausgebildet war, hielt mich nicht davon ab, die Stelle in einer Förderschule anzunehmen, denn genau das erwarteten die Politiker, die das Inklusionsgesetz ins Leben gerufen hatten. Jeder Lehrer musste von nun an alle Kinder unterrichten können unabhängig von der Problematik, die sie mit sich bringen und unabhängig von der Fachkompetenz der Lehrer. Denn schon bald gehören die Förderschulen der Vergangenheit und deren Schüler drücken die Schulbank jeder Regelschule einer Groß- oder Kleinstadt.

Um mein Experiment „Schule" voranzutreiben, sprang ich damals auf den fahrenden Zug auf und übernahm Aufgabenbereiche, die mir bis dato nicht bekannt waren. Und nun stand mein Zug auf dem Abstellglcis und ich musste eine Entscheidung treffen, ob ich ihn noch mal in Gang setzen möchte.

„Und? Was sagst du dazu?" Nicole schaute mich fragend an.

„Du hast Recht. In dieser Schule kann ich keinen Fuß mehr fassen", wiederholte ich. „Ich werde das Kapitel *Förderschule mit dem Schwerpunkt emotional-soziale Kompetenz* abschließen."

„Und welches Kapitel machst du jetzt auf?"

Die Entscheidung fiel mir nicht schwer und nur wenige Minuten später teilte ich meiner Freundin mit, dass ich mich um eine andere Vertretungsstelle bemühen werde. Ich konnte noch nicht genau sagen, welche Schulart es sein wird. Eins war mir klar: Ich werde definitiv einen großen Bogen um die Schule machen, in der ich so viel Gewalt und Angst erleben musste. An diesem Abend fühlte ich mich endlich wieder frei und erleichtert und schlief schnell ein.

Neue Schule, neues Glück

Meine zweite Vertretungsstelle war an einer Förderschule mit dem Schwerpunkt Lernen und lag in einem sozialen Brennpunkt mitten in einer Großstadt. Auf dem Weg zur Schule fuhr ich einmal um den Block herum, um einen ersten Einblick von der Gegend zu bekommen.

Viele Häuser standen leer und waren nur in den oberen Etagen bewohnbar. Die Fenster im Erdgeschoss wurden gegen Sperrholzbretter ausgetauscht, die mit großen Nägeln an den Wänden befestigt waren. Viele Eingangstüren waren eingetreten und mit Farbe oder Dreck beschmiert. Von der Fassade bröckelte der Putz ab. Die kaputten Briefkästen an den Eingängen wurden schon lange Zeit nicht mehr geleert und quollen von zahlreichen Prospekten und kostenlosen Zeitungen über, die hin und wieder vom Wind aufgefangen und von einer Straßenseite zur anderen getragen wurden.

Die billigen Discount-Märkte mischten sich mit zahlreichen türkischen Lädchen und kleinen Internet-Cafes. Überall herrschte buntes Treiben: Obstverkäufer, hupende Autos, Frauen mit schwer beladenen Einkaufstüten. Und mitten in diesem Chaos und Dreck spielende Kinder, die die meiste Zeit draußen verbrachten. Rauchen, trinken, Mülleimer und Laternen eintreten, das waren die einzigen Beschäftigungsmöglichkeiten für die Kids, die sehr früh die Macht der

Straße erfahren hatten und sehr früh für sich selbst und ihre Geschwister sorgen mussten. Ich schüttelte traurig den Kopf. Nein, das war kein schönes Plätzchen auf der Erde zum Großwerden.

„Achtzig Prozent unserer Schüler sind Ausländer", erzählte mir die Schulleiterin, während wir über den Schulhof gingen. „Es kommt oft zu körperlichen Auseinandersetzungen zwischen türkischen und kurdischen Schülern. Manchmal bringen sie auch ältere Brüder mit und versuchen so, die bestehenden Konflikte zu lösen. Wir gehen konsequent dagegen an und jegliche Form von körperlicher Gewalt wird bei uns sehr streng bestraft, sogar bis zum Schulverweis."
Beim Wort körperliche Gewalt stockte mir der Atem und ich schnappte nach Luft.
„Ich habe gedacht, dass dieses Problem vorwiegend bei den Schulen mit dem Schwerpunkt emotional-soziale Kompetenz existiert."
Die Schulleiterin schaute mich traurig an und fuhr fort.
„Die Lern- und Entwicklungsstörungen ergänzen sich häufig gegenseitig und wirken auf einander verstärkend. Meistens ist es so, dass ein Schüler mit dem Schwerpunkt Lernen auch erhebliche Probleme im Sozialverhalten hat."

Im nächsten Moment wurde sie durch eine laute Auseinandersetzung unterbrochen und eilte zu den Tischtennisplatten, um die Streithähne auseinander zu bringen. Ich folgte der Schulleiterin. Dort angekommen sah ich einen jungen türkischen Mann, der sich vor einem stark geschminkten und modern gekleideten Mädchen aufgebaut hatte. Mit gesenktem Kopf stand sie da und wischte sich hin und wieder die Tränen aus dem Gesicht, ohne dabei den jungen Mann anzuschauen. Die ganze Diskussion verlief auf türkisch, sodass ich nicht verstehen konnte, worum es ging. Mit jeder Minute aber wurde der junge Mann immer lauter und aggressiver und bevor sich die Schulleiterin einmischen konnte, holte er aus und verstärkte das Gesagte mit kräftigen Ohrfeigen, die bei dem Mädchen rote Spuren im Gesicht hinterließen und es zum Schluchzen brachten.

„Schlampe", brüllte der junge Türke, während er voller Wut gegen eine Mülltonne trat und die daraus gefallenen Dosen und Packungen durch den ganzen Schulhof kickte. Anschließend spuckte er der Schulleiterin vor die Füße, sprang über den Zaun und machte sich mit quietschenden Reifen davon.

Das sichtlich verängstigte Mädchen klammerte sich am Ärmel der Schulleiterin und flehte sie an, keine Polizei einzuschalten. „Das ist mein Bruder. Er meint es nur gut mit mir. Ich habe es selbst verdient."

Wir begleiteten das Mädchen ins Lehrerzimmer und während sich die Sozialpädagogin um die weinende Schülerin kümmerte, wählte die Schulleiterin die Nummer der Polizei und meldete den Vorfall auf dem Schulhof.

Was versteht man unter Lernbehinderung?

Eine Lernbehinderung ist grundsätzlich von einer körperlichen Behinderung zu unterscheiden. Im Gegensatz zu einer körperlichen Behinderung ist sie nicht ohne weiteres erkennbar und wird deshalb erst spät diagnostiziert. Deshalb trägt sie den Beinamen „Behinderung auf den zweiten Blick".

Eine Lernbehinderung macht sich erst in einer fordernden Situation, wie der Schule, bemerkbar. Dabei geht es nicht um Probleme, die hin und wieder auftreten, sondern darum, dass das Kind trotz großer Bemühungen den anderen Kindern hinterherhinkt. Im Gegensatz zu den Lernstörungen wie <u>Dyskalkulie</u>, <u>Dyslexie</u> oder <u>Legasthenie</u> hängt eine Lernbehinderung mit einem Defizit in der allgemeinen Intelligenz zusammen. Die Betroffenen haben einen IQ zwischen 55 und 85. Kinder mit einer Lernbehinderung liegen von ihrem Leistungsniveau circa 2-3 Schuljahre hinter den Gleichaltrigen zurück.

Lernschwäche findet ihren Ursprung in verschiedenen Gegebenheiten. Meist sind neurologische Fehlbildungen durch genetische Vorbelastungen die Ursache, aber auch Verletzungen durch z.B. Unfälle mit Schädigungen des neurologischen Gewebes. Zusätzlich kann sich ein negatives soziales Umfeld unvorteilhaft auf die Entwicklung des Kindes auswirken.

In der Regelschule versagt

„Mehr als die Hälfte unserer Schüler hatte eine
Regelschule besucht, wo sie von den Mitschülern ent-
setzlich gemobbt und von den Lehrern abgelehnt wurden", erzählte Frau Mölke,   während sie mir das
Schulgebäude zeigte. „Vor einigen Jahren hatte ich
zum Beispiel einen Schüler, der zuerst eine Regel-
grundschule besucht hatte und nach drei Jahren hoch
traumatisiert zu uns kam. Er war ein blonder Dicker,
ein bisschen weich, ein bisschen verträumt, ein bisschen langsam vom Verstehen. Er war halt in seinem
Dasein anders als die anderen Schüler. Auch die Lehrerin kam mit ihm nicht klar und gab das offen zu.
Das Kind war völlig isoliert und zum Schluss nur mit
Angst in die Schule gegangen. Da bauten sich Lücken
auf, die immer größer wurden. Irgendwann bekamen
wir eine Meldung von der Schule mit der Bitte, uns
einen Schüler anzuschauen, der lern- und verhaltensauffällig war. Ich habe ihn dann getestet und festgestellt, dass dieses Kind lernbehindert war auf Grund
großer Lernlücken, die sich ausgeweitet und zu einer
Lernbehinderung manifestiert hatten. Der Junge wechselte die Schule und kam in meine Klasse, wo er aufgenommen wurde, so wie er war. Und er bekam Zutrauen und öffnete sich. Und in der Mittelstufe wuchs
sein Zutrauen und er machte im Unterricht gut mit.
Irgendwann stand er nach seiner Entlassung in meiner
Tür und sagte: „Frau Mölke, Sie haben mich gerettet.
Sie haben mich vor der Grundschule gerettet und hier

konnte ich endlich mitmachen." Er hat seinen Hauptschulabschluss nachgeholt und macht zur Zeit eine Lehre zum Bäcker."

Frau Mölke schaute mich stolz an. „Ich könnte ein Buch darüber schreiben, wie vielen Kindern ich alleine auf die Sprünge geholfen habe. Und jeder Kollege kann seine zahlreichen Erfolgsgeschichten hinzufügen."

„Warum wird darüber nicht berichtet?" Ich blieb stehen und schaute die Kollegin an. „Warum liest man nur von den Schülern, die angeblich versehentlich auf eine Förderschule kamen und von den Lehrern, die ihre Schüler in der Entwicklung absichtlich bremsen?"

Frau Mölke zuckte mit den Schultern. „So funktioniert die Gesellschaft. Das Positive wird einfach als gegeben hingenommen und darüber wird nicht diskutiert. Es ist unser Beruf, die Kinder auf das Erwachsenenleben vorzubereiten und das erwartet man von uns. Sicherlich würde eine Anerkennung und eine Wertschätzung unserer Arbeit allen Kollegen gut tun und uns anspornen, diesen schweren und sehr anspruchsvollen Job auch weiter mit Begeisterung und Elan zu machen. Leider neigt der Mensch aber dazu, sich auf das Negative zu konzentrieren, was auch länger in seinem Gedächtnis haften bleibt."

„Hast du von einem Romajungen gehört, der auf eine Förderschule kam, weil sein Intelligenztest falsch durchgeführt wurde? Die Zeitungen waren voll von diesen Berichten."

Frau Mölke dachte kurz nach. „Ich will ja gar nicht abstreiten, dass so etwas passieren kann. Ich will auch das ganze Schulsystem nicht schön reden. Sicherlich kommt es ab und zu vor, dass der Intelligenztest falsch durchgeführt wird oder ein Kind auf einer falschen Schule landet. Und obwohl man in diesem Zusammenhang von einem Einzelfall spricht, bedeutet diese Fehlentscheidung eine Tragödie für das betroffene Kind und seine Familie. So etwas darf nicht passieren." Frau Mölke schüttelte traurig den Kopf und erzählte weiter.

„Vor einigen Jahren hatte ich einen Schüler, der ein eindeutiges Beispiel für die mögliche Fehleinschätzung und deren Folgen war. Eines Tages wurde ich von der Leiterin eines benachbarten Kindergartens kontaktiert, die mir von einem Jungen berichtete, der sehr auffällig war. Der Junge reagierte kaum auf andere Personen und sprach mit keinem, stattdessen lächelte er vor sich hin und schaute zur Seite. Wir wussten überhaupt nicht, was mit dem Kind los war. Und daher wurde angenommen, er könnte ja vielleicht geistig behindert sein. So kam er in meine Klasse und wurde von anderen sechs Schülern freundlich in die Klassengemeinschaft aufgenommen. Irgendwann fasste Sebastian in einer kleinen Gruppe und durch die ständige Bezugsperson Vertrauen und fing an zu sprechen. Zuerst leise und langsam und dann immer schneller und schneller. Das war eine eigenartige Sprache, die kaum jemand verstehen konnte, trotzdem wurde er immer wieder von mir ermuntert und für jeden Sprachversuch gelobt. Auch die anderen Schüler halfen ihm so weit sie konnten und „übersetzten" in schwierigen Situationen. Um dem Jungen besser helfen zu können, brauchte ich mehr Informationen über ihn. Aus diesem Grund besuchte ich seine Familie und sprach mit der Familienhelferin, die die Familie betreute. Es stellte sich heraus, dass Sebastian den Kindergarten mit seinem ein Jahr jüngeren Bruder besucht hatte und mit ihm so eine starke Beziehung nonverbal eingegangen war, dass die beiden sich ohne Worte verständigen konnten. Auch zu Hause wurde mit ihm nicht gesprochen, stattdessen parkten die Eltern ihn vor dem Fernseher oder ließen ihn hinter der geschlossenen Tür vor sich hin vegetieren. Es gab keine gemeinsamen Essenszeiten oder gemeinsame Unternehmungen.

In der Klasse bekam er dann endlich das Gefühl, nicht alleine zu sein und wahrgenommen zu werden, und seine Augen strahlten von Tag zu Tag immer heller. Täglich arbeiteten wir an seiner ausgewachsenen Dyslalie, was man volkstümlich Stammeln nennt, und seinem ausgesprochenen Dysgrammatismus. Schon bald fiel mir auf, dass er alles sehr schnell umsetzte und in einer kurzen Zeit sehr viel gelernt hatte. Ende des zweiten Schuljahres begann ich das Grundschulmaterial zu benutzen, das ich für ihn angeschafft hatte. Ich brachte Sebastian in verschiedenen Fächern auf Grundschulniveau und schickte ihn probeweise an die Grundschule vor Ort. Und jetzt ist er immer noch da und kommt ganz gut mit. Er ist kein Überflieger. Er ist normal. Demnächst wird er auf die Gesamtschule gehen.

Bei diesem Kind bin ich mir sicher, wenn er von Anfang an in die Grundschule gekommen wäre, wäre sein Schulweg umgekehrt gewesen. Irgendwann wäre er uns dann gemeldet worden: „Schauen Sie doch, wir haben den Verdacht, dass das Kind lern- oder geistig behindert ist." Aufgrund seiner Persönlichkeitsstruktur, wie sie damals war: nichts sagen, stumm sein, eigentlich nur lächeln, wäre er in einem großen Klassenverband mit vielen Lehrern und wechselnden Räumen untergegangen. Er hat diesen geschützten Raum hier gebraucht, um sich zu entwickeln und zu reifen."

Das misslungene Schulexperiment

Am späten Abend saß ich am Schreibtisch, blätterte in den Unterlagen, die ich aus der Schule mitgenommen hatte und bereitete den Unterricht für den nächsten Tag vor. In Gedanken kehrte ich aber immer wieder zum Gespräch mit den Kollegen.

„Wie seht ihr der Inklusion entgegen?", wollte ich wissen, als wir uns nach dem Schulschluss gemütlich hinsetzten, um eine Tasse Kaffee zu trinken und einen hausgemachten Kuchen zu genießen, den eine Lehrerin dem Kollegium an diesem Tag spendiert hatte.

„Mit sehr gemischten Gefühlen." Frau Olfert, eine ältere Kollegin, legte ihre Stirn besorgt in Falten. „Der Gedanke an sich ist gut und ich stehe auch voll dahinter. Vor über zwanzig Jahren bin ich hierher gezogen, um an einem Schulversuch teilzunehmen. Es ging damals darum, dass die Sonderschulpädagogen präventiv an die Grundschulen gingen, damit Kinder gar nicht lernbehindert werden. Damals ging es von den Sonderschulpädagogen aus: Der Zaun muss weg! Das Zauberwort war Integration. Ich hatte auf meinen Fahnen stehen: Alle Förderschulen gehören abgeschafft! Alle Kinder müssen an die Regelschule! Also ist die Idee mit der Inklusion nicht neu, sondern wurde schon vor vielen Jahren ausprobiert und nach der Testphase aufs Eis gelegt. Damals war ich Feuer und Flamme und stand voll dahinter. Ich habe auch wirklich dafür gebrannt und hätte mich fast verbrannt. Ganze viereinhalb Jahre habe ich an diesem Schulversuch teilgenommen, wovon ich zwei Jahre lang mit voller Stundenzahl an der Grundschule war. Irgendwann musste ich mir selber eingestehen, dass es Kinder gibt, die einen anderen Rahmen brauchen, um sich sozial emotional entwickeln zu können, und gemäß ihren Kompetenzen lernen zu können. Mit einigen Kindern ging es damals gut und die anderen sind diesem Schulversuch zum Opfer gefallen."

„Woran lag es damals, dass dieser Schulversuch gescheitert war?" Ich konnte es nicht glauben, dass die Inklusion nichts anderes ist als ein altes misslungenes Experiment.

„In erster Linie an den Rahmenbedingungen, die an den Grundschulen für diese besonderen Kinder nicht gegeben waren. Für die Grundschulkollegen, die mit viel Enthusiasmus an die Sache herangingen, war es oft nicht möglich, das ganze Projekt zu stemmen. Nach viereinhalb Jahren kehrte ich reumütig an die Sonderschule zurück. Es war eine sehr große Enttäuschung und ein langer Reifeprozess für mich und meine Kollegen gewesen, wonach wir zur Erkenntnis gekommen sind, dass dieser Schulversuch von Anfang an zum Scheitern verurteilt war. Damals mussten wir viele Vorträge halten und den Schulversuch auswerten. Schon damals hatte ich den Verdacht, das könnte ein Versuch werden, um Bildung billiger zu machen. Ich hatte auch den Verdacht, dass das nicht menschlich moralisch interessiert verfolgt wurde. Heutzutage spricht man von diesem gescheiterten Schulversuch nicht mehr. Er ist in Vergessenheit geraten und nur die wenigsten wissen darüber Bescheid. Die heiß umstrittene Inklusion ist nichts anderes, als der alte gescheiterte Schulversuch mit einem modernen Namen versehen."

„Ich denke, es geht mit einigen Kindern gut und mit einigen nicht gut", mischte sich Frau Mölke ein. „Ich selber bin hörbehindert und kann sehr gut die Problematik der hörbehinderten Kinder verstehen. Bei verschiedenen Unterrichtsmethoden wie zum Beispiel Freiarbeit oder Werkstatt in einem normalen Klassenraum, der nicht auf die Bedürfnisse solcher Kinder abgestimmt ist, ist jedes hörbehinderte Kind wegen der Geräuschkulisse gekniffen. Wenn ich an den kleinen Tim aus meiner Klasse denke, dann bin ich mir sicher, dass er in einer großen Klasse ganz schnell reizüberflutet ist."

„Wie äußert sich das?" Ich freute mich über die Möglichkeit, mehr über die Schüler zu erfahren. Ich war zwar eine ausgebildete Lehrerin, aber viel Erfahrung mit auffälligen Kindern hatte ich nicht.

„Wie sich das äußert?" Frau Mölke dachte kurz nach. „Er würde entweder schreiend durch die Klasse rennen oder sich unter dem Tisch verkriechen. Unter Umständen könnte er auch gewalttätig werden und nicht nur für andere Kinder, sondern auch für sich selbst eine Gefahr werden. Tim braucht diese kleine feste Gruppe mit Strukturen, mit ganz viel persönlicher Ansprache und einer Bezugsperson. In einer Regelschule dreht er durch."

Was versteht man unter „Werkstattunterricht"?

Werkstattunterricht ist eine alternative Unterrichtsmethode, die heutzutage sehr verbreitet ist. Dazu stellt der Lehrer ein zum Teil fächerübergreifendes Angebot aus Aufgaben und Lernangeboten zusammen, das die Kinder in selbst gewählter Reihenfolge bearbeiten. Je nach Aufgabenstellung können Pärchen oder Gruppen gebildet werden, die an einer Aufgabe zusammen arbeiten und später die erarbeiteten Ergebnisse der Klasse vorstellen. Da die Kinder bei dieser Unterrichtsform oft durch die Klasse laufen, um sich neue Aufgaben zu holen, welche sie dann mit anderen Schülern besprechen, herrscht in der Klasse eine zunehmende Lautstärke.

Lernbehinderte Kinder und die Gesellschaft

Schon während des Vorstellungsgesprächs äußerte ich den Wunsch, die ersten Wochen als Doppelbesetzung arbeiten zu wollen. Ich brauchte Zeit, um das mir noch unbekannte Gebiet der Lernförderung kennenzulernen. In erster Linie wollte ich mir ein Bild davon machen, wie sich eine Lernbehinderung im Schulalltag äußerte, und wie man damit umgehen sollte, um den Kindern die bestmögliche Förderung bieten zu können.

„In welcher Stufe möchten Sie arbeiten?", fragte mich die Schulleiterin, während sie meine Bewerbungsunterlagen durchschaute.

„Mit Grundschülern hatte ich bis jetzt keine Erfahrungen, deswegen würde ich gerne in der Mittelstufe unterrichten."

„Das trifft sich gut. Frau Strauß braucht Unterstützung in ihrer siebten Klasse. Alle Kinder haben einen Schwerpunkt LE. Einige von ihnen sind zusätzlich verhaltensauffällig und sorgen für viel Unruhe im Unterricht. Trauen Sie sich das zu?" Die Schulleiterin klappte meine Bewerbungsmappe zu und schaute mich herausfordernd an.

Bei dem Gedanken, einige verhaltensauffällige Kinder in der Klasse zu haben, bekam ich sofort ein mulmiges Gefühl. „Es muss nicht immer so enden, wie in der ersten Schule", redete ich mir gut zu. „Es wird schon schief gehen."

„Ja", antwortete ich nach einer kurzen Pause. „Ich werde aber Zeit brauchen, um mich einzuarbeiten."

„Die sollen Sie auch bekommen", lächelte mich die Schulleiterin an und streckte mir ihre Hand entgegen. „Willkommen im Team."

Frau Strauß war eine junge Kollegin, die erst seit drei Jahren an der Schule arbeitete. Liebevoll berichtete sie mir von ihrer Klasse, die sie nun seit zwei Jahren leitete und in der Zeit lieb gewonnen hatte. Voller Stolz erzählte sie von den Stärken jedes einzelnen Schülers und wie lange es gedauert hatte, bis sie die Klasse so weit hatte. Alle Kinder kamen im Laufe der letzten Jahre von einer Regelschule, wo sie kläglich gescheitert waren. Der ständige Stempel eines Versagers, den sie Jahre lang mit sich getragen hatten, hinterließ große Spuren, und das Selbstvertrauen der Kinder musste neu aufgebaut werden.

Frau Strauß zeigte mir ihren Klassenraum, der farblich schön gestaltet und gut strukturiert war, so dass die Kinder sich dort nicht nur wohl fühlten, sondern sich auch gut zurecht finden konnten. Dann gingen wir Schülerakten durch und ich erfuhr viele wichtige Details über die Kinder, die ich unterrichten sollte.

„Alle Kinder haben zwar eine Lernbehinderung, aber bei jedem einzelnen äußert sie sich unterschiedlich", erklärte Frau Strauß mir und legte ein Klassenfoto auf den Tisch. „Fatih zum Beispiel arbeitet immer noch im zwanziger Bereich."

„Du unterrichtest doch eine siebte Klasse. Richtig?", fragte ich vorsichtig nach.

„Ja. Fatih hat eine ausgeprägte Dyskalkulie und hat absolut kein Mengenverständnis. Es fällt ihm schwer, Zahlen zu schätzen, zu vergleichen oder zu überschlagen. Wenn ich zum Beispiel fünf Stifte auf den Tisch lege und Fatih danach frage, wie viele es sind, muss er die Stifte zuerst abzählen. Dabei fasst er sie an oder benutzt dabei seine Finger."

„Wenn ich mir den Matheunterricht einer siebten Klasse an einer Regelschule vorstelle, dann wäre er dort ganz schön aufgeschmissen", bemerkte ich kurz.

„So war es auch. Fatih wechselte zu uns vor einem Jahr von einer Regelschule, wo er von seinen Mitschülern massiv gemobbt wurde und sich zu einem Schulverweigerer entwickelt hatte. Ein Sechsklässler, der immer noch im Zehnerbereich rechnete und dabei seine Finger benutzte, fiel in der Klasse sofort auf und wurde schnell zum Deppen erklärt. Auch die Lehrer hatten große Schwierigkeiten mit ihm, weil sie der Meinung waren, er habe sie absichtlich verarscht und immer wieder die gleichen Fehler gemacht. Dann haben die Lehrer auch noch zusätzlich Öl ins Feuer gegossen und über ihn abwertende Kommentare abgegeben."

„Wie macht er sich jetzt und worauf muss ich besonders achten?", fragte ich nach.

„Fatih kann sich nicht lange konzentrieren und schmeißt schon bald den Stift hin. Dann braucht er eine Auszeit oder noch besser eine Bewegungspause. Ich lasse ihn hin und wieder eine Runde über den Schulhof laufen", lachte die junge Lehrerin. „Dann kommt er zurück und kann weiter arbeiten. Du musst ihn immer im Auge behalten und seine Arbeitsblätter sehr einfach gestalten."

„Was heißt das genau? Wie sehen seine Arbeitsblätter aus?", hakte ich nach.

„Im Deutschunterricht lese ich mit den Schülern kürzere Texte. Anschließend müssen noch Fragen beantwortet werden. Viele Kinder tun sich damit sehr schwer und brauchen viel Zeit, aber irgendwann schaffen sie es doch. Fatih kann alleine die Fragen nicht beantworten, egal wie viel Zeit er dafür bekommen würde. Im besten Fall schreibt er den ganzen Text ab oder aber er sitzt still da und macht nichts. Deswegen bekommt er immer einen Text von mir, wo ich die Antworten schon unterstrichen habe. Seine Aufgabe besteht darin, unterstrichene Sätze den Fragen zuzuordnen."

„Schafft er das denn?"

„Nicht immer. Auch da braucht er viel Anleitung und Unterstützung." Frau Strauß tippte mit dem Finger auf das Klassenfoto. „Das ist Andreas. Andreas ist in Mathe ziemlich pfiffig, mit dem Schreiben tut er sich dagegen sehr schwer. Feinmotorisch ist er auf dem Stand eines Kindergartenkindes und muss sehr viel üben, worauf er gar keine Lust hat. Außerdem hat Andreas sehr große Trennungsschwierigkeiten."

„In dem Alter?" wunderte ich mich.

„Ja. Er weint sehr oft und will zu seiner Mutter. Andreas ist richtig von der Angst besessen, dass sie nicht mehr da ist, wenn er von der Schule zurück kommt oder dass ihr etwas zustoßen könnte. Immer wieder schaut er heimlich auf sein Handy in der Hoffnung, dass die Mutter ihn anruft. Früher war es noch schlimmer. Er bekam einen heftigen Weinanfall und konnte sich nicht mehr beruhigen, sodass er sich übergeben hat."

„Von so einem Kind kann man nicht erwarten, dass er im Unterricht mitkommt."

„Nein. Zum Glück sind unsere Klassen relativ klein und wir haben die Möglichkeit, uns um jeden Schüler persönlich zu kümmern. Und diese Zeit brauchen wir auch, weil unsere Schüler massive Probleme nicht nur mit dem Lernstoff, sondern auch mit sich selbst und der Umwelt haben." Frau Strauß schaute auf das Klassenfoto. „Zehn Schüler und Schülerinnen habe ich zur Zeit. Und jeder von ihnen hat sein Päckchen zu tragen. Ich kann auch nicht sagen, wer von ihnen anstrengender ist, weil die Problematik jedes einzelnen so unterschiedlich ist." Sie zeigte auf einen Jungen, der uns vom Foto aus anlächelte. „Das ist Mustafa, ein sehr pfiffiges Kerlchen. Er bringt auch gute Leistungen im Unterricht, aber nur, wenn er sich in einer gewohnten Umgebung befindet. Er tut sich mit Veränderungen sehr schwer. Sich auf eine andere Lehrerin einzustellen oder den Klassenraum zu wechseln, bereitet ihm große Schwierigkeiten. Er blockt sofort alles ab und stört massiv den Unterricht. Zum Glück haben wir sehr wenige Fachlehrer, sodass der Unterricht zum größten Teil von der Klassenlehrerin erteilt wird. Das sorgt für mehr Ruhe und einen geregelten Ablauf, was Mustafa genau wie viele andere unserer Schüler brauchen."

„Würde er auf einer Regelschule mit großen Klassen, vielen Fachlehrern und wechselnden Klassenräumen klar kommen?"

„Er würde entweder komplett untergehen oder aber sehr aggressiv werden. Und ich weiß nicht, was für ihn besser wäre." Frau Strauß schaute mich besorgt an. „Ich habe vor drei Monaten geheiratet und den Namen meines Mannes angenommen. Keiner in der Klasse hatte damit ein Problem. Keiner außer Mustafa, der mich immer noch bei meinem alten Namen nennt und sich schwer damit tut, eine Veränderung anzunehmen."

Eine Zeit lang herrschte eine Stille im Klassenraum und Frau Strauß schaute nachdenklich auf das Klassenfoto.

„Allerdings bin ich mir sicher, dass es doch einen Vorteil einer inklusiven Beschulung für solche Schüler wie Mustafa, Andreas oder Fatih gäbe." Die Lehrerin stellte das Klassenfoto ins Regal zurück und drehte sich zu mir. „Ich glaube, dass sie sich freier fühlen würden."

„Wie meinst du das?"

„Unsere Schüler fühlen sich stigmatisiert. Der schlechte Ruf eines Förderschülers eilt ihnen voraus und macht automatisch alle Türen zu, bevor sie angeklopft haben. Sie haben doch gar keine Zukunftspersperktive in unserer leistungsorientierten Gesellschaft, die sich nur für Abiturienten interessiert und sich an ihnen orientiert. Der Sohn meiner Freundin macht dieses Jahr einen Realschulabschluss und sucht verzweifelt nach einem Ausbildungsplatz zum Bürokaufmann. Bis jetzt hat er nur Absagen bekommen, weil die Firmen entweder einen Abiturienten suchen oder einen, der schon mobil ist. Wie hirnrissig ist das denn?"

„Das ist in der Tat ein Witz. Nur kann man darüber nicht lachen, weil es zugleich sehr traurig ist."

„Unsere Schüler sind nicht dumm. Sie könnten sich ganz sicher in unsere Gesellschaft einbringen und verschiedene Berufe ausüben", setzte Frau Strauß energisch fort. „Nur will unsere Gesellschaft sie nicht haben und diese Ablehnung bekommen sie täglich zu spüren. Durch den Wechsel auf eine Regelschule erhoffen sich die meisten mehr Anerkennung in der Gesellschaft und später einen sicheren Arbeitsplatz. In dieser Hinsicht ist der Grundgedanke der Inklusion gar nicht so schlecht."

„Es ist egal, wie genial eine Idee ist. Sobald es an deren Umsetzung hapert, ist sie zum Scheitern verurteilt", unterbrach ich die junge Kollegin.

„Richtig. Und da liegt der Hund begraben. Die Bedingungen an den Regelschulen sind so miserabel, dass unsere Kinder dort total überfordert sind: Mit dem Stoff, dem Tempo, dem ständigen Wechsel und der herrschenden Unruhe. Ich befürchte, dass sie dort noch schlechter abschneiden werden als auf einer Förderschule."

Es wird behauptet, dass die Kinder an den Förderschulen verblöden und keinen Abschluss machen. Stimmt das?

(Aus dem Interview mit Klaus Schatz, Schulleiter in Ruhestand Förderschule)

Im Idealfall wird jedes Kind, jede(r) Jugendliche gerade auf einer Förderschule entsprechend seiner (ihrer) Möglichkeiten gefördert. Der Fokus liegt oft allerdings mehr im Fördern als im Fordern, dies hat allerdings mit den "Zugangskriterien" zur Förderschule zu tun.

Nein, sie verblöden nicht, sondern erwerben eine Menge insbesondere sozialer Fähigkeiten und sogenannter Sekundärtugenden, die sie oft im praktischen Leben Hauptschülern etwa überlegen machen.

Die meisten Schüler verlassen die Schule für Lernen (nur für diese Förderschule kann ich relevantes sagen) mit dem Förderschulabschluss Klasse 10, dies ist ein Abschluss. Nur eine geringe Zahl erreicht einen Hauptschulabschluss nach Klasse 9, da Schüler/Innen, die dazu in der Lage sind, in der Regel vorher zurückgeschult werden.

Will ich!

Nach der Schule machte ich einen kleinen Abstecher in die Stadt, um ein Geschenk für meine Freundin zu besorgen, die an diesem Tag Geburtstag hatte. Am Abend sollte eine große Party im Familien- und Freundeskreis steigen, zu der ich auch eingeladen war. Ich schlenderte durch Geschäfte, probierte verschiedene Schals und Handschuhe an, blätterte in dicken Büchern, entschied mich jedoch für einen Parfümerie-Gutschein, der zwar als Geschenk etwas unpersönlich wirkte, aber mehr Sinn machte, weil Marita sich das Geschenk selbst aussuchen konnte.

Ich schaute einer jungen Verkäuferin beim Verpacken des Gutscheins zu und überlegte, ob ich direkt nach Hause fahren oder doch noch in der Stadt bleiben sollte. Ein kurzer Blick auf die Uhr und ich entschied mich für das zweite, steckte den Gutschein vorsichtig in die Tasche, sodass er nicht zerknitterte, und steuerte mein Lieblingscafe am Marktplatz an. Es war ein kleines und sehr gemütliches Familiencafe, das gut besucht wurde und um diese Zeit eigentlich immer voll war. Umso mehr freute ich mich über einen freien Tisch direkt am Schaufenster. Ich hängte meine Jacke über den Stuhl, bestellte mir einen Kaffee und eine Waffel mit heißen Kirschen und viel Sahne und schaute mich um.

Am Tisch neben mir saß ein älteres Paar, das genüsslich Kaffee trank und sich leise unterhielt. Der Mann stellte immer wieder seinen Becher ab, lege seine Hand auf die seiner Begleiterin und schaute sie zärtlich an. Sie antwortete ihm mit einem warmen Lächeln. Ich schaute den beiden eine Zeit lang zu und überlegte, ob sie frisch verliebt waren oder ob ihre Liebe durch all die Jahre gehalten hatte.

Vom Tisch in der Ecke kam ein lautes Lachen und ich wechselte den Blick in diese Richtung. Dort saßen vier junge Frauen, die hin und wieder auf die Uhr schauten und etwas mit ihren Handys schrieben. „Wahrscheinlich müssen die Kinder bald aus der Schule oder aus dem Kindergarten abgeholt werden. Und die Zeit bis dahin nutzen sie, um sich mit den Freundinnen auszutauschen und die letzten Neuigkeiten zu erzählen", dachte ich und schob mir ein Stückchen warmer Waffel in den Mund. Es schmeckte köstlich und ich schloss kurz die Augen.

Ich genoss solche Nachmittage, ohne Hektik und Zeitdruck, wo ich mich zurückziehen konnte und die Umwelt an mir vorbeiziehen ließ. Stundenlang konnte ich so sitzen, Menschen beobachten, einem Vogel beim Aufplustern zuschauen oder mich über das Farbenspiel der vorbeiziehenden Wolken freuen. Seitdem ich in der Schule arbeitete, hatte ich gelernt, jede ruhige Minute mit allen Sinnen zu genießen und kostete das voll aus.

„Will iiiiiich", ein lautes Brüllen holte mich aus meinen Gedanken zurück und ich schaute auf. Ein kleines Mädchen mit kleinen Zöpfen und einer Puppe in der Hand stampfte mit den Füßen und brüllte durch das ganze Cafe. „Jetzt. Sofoooooort." Die Mutter schaute sich unsicher um und versuchte ihre Tochter zu beruhigen.

„Wir wollten doch zuerst einkaufen gehen. Ein Eis essen wir nachher."

„Ich will ein Eis", die Kleine hörte nicht auf zu brüllen, drehte sich zum Tisch mit dem älteren Paar und haute mit einer Faust darauf, mit der anderen hielt sie immer noch ihre Puppe an den Beinen fest. „Ich", die kleinen Fäuste gingen nach oben und die Puppe wackelte mit dem Kopf, „will", das Mädchen ließ die Fäuste auf den Tisch fallen, sodass die Kaffeetassen klirrten und die Frau erschrocken zusammenzuckte. Und bevor die zusammengepressten Fäuste des kleinen Tyranns wieder in die Luft flogen, holte die Mutter schnell ihr Portemonnaie aus der Tasche und eilte zur Kasse.

Die Kleine wischte sich die Tränen mit dem Ärmel weg und immer noch böse blickend erklärte sie dem Verkäufer, welches Eis sie haben wollte. Das Wort „Danke" gehörte anscheinend nicht zu ihrem Wortschatz, stattdessen zeigte sie mit ihrem kleinen Finger auf den roten Plastikbecher mit drei verschieden Eissorten, den der Eisverkäufer gerade auf die Theke hingestellt hatte, um zu kassieren.

„Viele Streuseln", brüllte die Kleine durch den Raum mit einem Ton, der keine Widerrede duldete. Dann drehte sie sich zu ihrer Mutter.

„Und jetzt Spielplatz."

Ich wunderte mich über die Ausdrucksweise des Mädchens, das mit ihren geschätzten fünf Jahren nicht nur vollkommen auf „Danke" und „Bitte" verzichtete, sondern sich auch nicht in vollen Sätzen ausdrücken konnte oder einfach nicht wollte. Es reichte nur ein Wort, und die Mutter sprang, um ihrer Tochter jeden Wunsch von den Lippen abzulesen.

Auch die anderen Gäste im Cafe beobachteten mit Interesse die Reaktion der Mutter und schüttelten den Kopf, als diese einwilligte und verlegen lächelnd ihrem Kind auf dem Fuße folgte. Als dann die Tür hinter den beiden zuflog, herrschte eine beschämte Stille im Cafe, bis sie plötzlich von der älteren Frau durchbrochen wurde: „Guten Abend, Deutschland."

Damit war ein Startsignal für freie Meinungsäußerungen erteilt, und jeder im Cafe fiel über die junge Mutter her. Quer durch den Raum flogen Bemerkungen wie „unfähig", „schlechte Mutter", „selbst noch ein Kind". Eine Frau ging noch weiter und forderte die Einführung eines Elternführerscheins. Und innerhalb weniger Minute verwandelte sich das kleine gemütliche Cafe in einen Platz für Demonstrationen. Es fehlten nur noch Fahnen und eine Bühne.

Ich war die einzige, die sich zurückgehalten hatte und das Ganze von außen beobachtete. Sicherlich hielt ich die Reaktion der Mutter für falsch und wollte sie auf keinen Fall rechtfertigen. Mir war aber auch klar, dass nicht nur die Frau, sondern die ganze Gesellschaft daran schuld war, dass unsere Kinder heutzutage so liberalistisch erzogen werden. Angesteckt von den Ideen der Reformpädagogik der zwanziger Jahre, die ihre Hauptaufgabe darin sah, den Kindern immer mehr Freiräume zu geben, damit sie sich frei entwickeln konnten, forderte die moderne Pädagogik, dass den Kindern bereits im Kindergarten ein großes Mitbestimmungsrecht eingeräumt wird. Es ging nun nicht mehr darum, etwas vorzugeben, sondern sich die Wünsche jedes einzelnen anzuhören und zu berücksichtigen. Mit einem modernen Wort „Partizipation" ausgestattet, fand die Methode sehr schnell viele Anhänger unter den Eltern, die schon immer darum bestrebt waren, etwas Besseres für ihr Kind zu erreichen und sich über so eine revolutionäre Idee freuten. Aber wie so oft im Leben kommt es oft nicht auf die Idee, sondern auf deren Umsetzung an. Erst vor kurzem hatte ich einen Bericht über die Partizipation in Kindergärten gelesen und konnten meinen Augen nicht trauen. Je nach Bundesland oder sogar je nach Träger einer Einrichtung sprach man über fünf verschiedene Auslegungen dieser Methode.

Und so berichten viele Eltern von den Kinderräten, die sogar in die Personalentscheidungen miteinbezogen werden und mitentscheiden dürfen, ob eine Bewerberin eingestellt wird oder nicht. Viele Eltern trauern schönen Sommerfesten nach, die vom Kinderrat, der aus drei- bis fünfjährigen Kindern besteht, gestrichen werden, weil sie sich über das Thema nicht einigen können. Die Eltern ärgern sich darüber, dass die Erzieher zu passiven Zuschauern werden, die einsam an Basteltischen sitzen und darauf hoffen, dass viele Kinder am freiwilligen Bastelangebot teilnahmen. Das Wort „freiwillig" wird bei der Partizipation groß geschrieben und hält die Erzieher davon ab, eine Gruppenbeschäftigung anzubieten. Das Ergebnis dieser freien Erziehung sind Kinder, die schon im Kindergartenalter sich nichts sagen lassen und laut schreiend „ich bestimme" die Eltern in den Wahnsinn treiben.

Ich schaute mich im Cafe um. Nur wenige Minuten später dachte keiner mehr an den Vorfall von vorhin und jeder widmete sich wieder seinem Kaffee und dem alltäglichen Tratsch über den cholerischen Chef, laute Nachbarn und den neuen Dschungel-König. Ich zahlte an der Kasse und verließ nachdenklich das Cafe. Auf dem Weg zum Auto dachte ich noch lange an das kleine Mädchen und daran, dass auf die Schulen eine weitere große Welle mit Problemen zurollt, die nicht mehr aufzuhalten ist. Denn wenn solche Kinder nur wenige Monate später mit einer Schultüte in der Hand und einem neuem Tornister auf dem Rücken die Schule betreten, werden es die Lehrer sein, die ihnen erklären müssen, dass sie nicht bei allem das Mitspracherecht haben und sich unterordnen müssen.

Die Tannenbaumgirlande

Ende November fieberten alle dem ersten Advent entgegen. Auch unsere Schule bereitete sich darauf vor und wartete ungeduldig auf einen großen Tannenbaum, den unsere Schulleiterin höchstpersönlich ausgesucht hatte und zur Schule liefern ließ. Endlich war der Tannenbaum da und präsentierte sich stolz mit seinen weit ausladenden Ästen im Eingangsbereich der Schule. In der Pause konnten alle Schüler ihn begutachten und sich Gedanken machen, welche stimmungsvolle Dekoration ihn schmücken sollte.

Meine Siebtklässler und ich entschieden uns, eine lange bunte Papiergirlande zu basteln und sie am Tannenbaum aufzuhängen. Die Schüler freuten sich auf den nächsten Kunstunterricht und konnten es kaum abwarten, beim Dekorieren des Schultannenbaums mitzuhelfen.

Da mir nicht entgangen war, dass die meisten Schüler Probleme mit der Feinmotorik und große Schwierigkeiten beim Ausschneiden und Zusammenkleben hatten, bat ich Frau Strauß, uns beim Basteln zu unterstützen.

„Für unsere Girlande brauchen wir viele bunte Streifen. Wichtig ist, dass sie gleich groß sind, damit die Girlande gut aussieht", erklärte ich. „Ich denke, zwei Zentimeter reichen", fügte ich hinzu, während ich einen schnellen Blick auf ein Lineal warf und fing an, das Buntpapier zu verteilen. Als ich dann am letzten Tisch ankam und mich umschaute, bemerkte ich, dass die Schüler mit einem desinteressierten Gesicht immer noch rum saßen und nicht mal ansatzweise mit der Arbeit anfingen.

„Scheißgirlande." Ein Schüler knallte sein Lineal auf den Tisch und es zersprang in viele kleine Stücke.

„Brauchst du Hilfe?" fragte ich vorsichtig nach. Ich war mir sicher, dass die gestellte Aufgabe nicht schwer war und einem Siebtklässler keine Schwierigkeiten bereiten durfte. Früher hatte ich solche Tannenbaumketten mit meinen Kindern für die Grundschule gebastelt. Aber nun merkte ich, dass etwas nicht stimmte. Die Schüler wurden immer unruhiger und forderten direkt und indirekt Hilfe ein. Ich nahm ein Blatt Papier in die Hand und hielt es hoch.

„Messt zwei Zentimeter am rechten Rand ab und setzt dort einen Punkt! Das Gleiche macht ihr am linken Rand. Jetzt verbindet die Punkte miteinander! Die erste Linie ist fertig. Mit den anderen Linien geht ihr genau so vor wie vorher, bis das Blatt voll ist. Nun könnt ihr euer Blatt an den Linien schneiden. Die fertigen Streifen legt ihr dann in diese Schachteln." Ich stellte kleine Schachteln auf den ersten Tisch und schaute die Schüler an.

Nur wenige Schüler folgten meiner Aufforderung und versuchten vergebens gleich große Streifen abzumessen, was ihnen offensichtlich schwer fiel. Manche starrten aufs Papier, die anderen spielten mit der Schere.

„Ich habe keine Ahnung. Mach die Scheiße selbst". Die erste Schere landete im Bastelkörbchen und das

erste Papierblatt verwandelte sich in einen Papier-
knäuel und flog durch die Klasse.

Immer wieder erklärte ich den Schülern, was ich
von ihnen erwartete und wunderte mich, warum sie
sich damit so schwer taten, gleich große Streifen an-
zufertigen. „Sogar Grundschüler wären damit schon
längst fertig geworden", dachte ich leicht verärgert.
Plötzlich überkam mich der Gedanke, dass sie mich
einfach verarschten und sich extra so anstellten. Ich
wollte gerade so richtig los legen, um den Schülern
meine Meinung diesbezüglich zu geigen und räusperte
mich. In diesem Moment nahm meine Kollegin mich
zur Seite und flüsterte: „Sie machen das nicht absichtlich. Sie können es tatsächlich nicht." Eine Zeit lang
schaute ich Frau Strauß erstaunt an.

„Lass uns in der Pause darüber sprechen", fügte sie
schnell hinzu. „Ich würde vorschlagen, wir verlegen
die Bastelaktion auf morgen und lesen den Kindern
aus unserem Weihnachtsbuch vor."

Da mir im Moment nichts besser einfiel, ging ich
auf ihren Vorschlag sofort ein.

„Wir können morgen weiter basteln", sagte ich zu
den Kindern. „Und jetzt lesen wir die nächste Geschichte aus unserem Weihnachtsbuch."

„Cool", freuten sich die Schüler und während sie
bunte Sitzkissen aus dem Regal holten und diese in einem Halbkreis an der Tafel anordneten, sorgte ich für
eine stimmungsvolle Atmosphäre. Ich zündete die
Teelichter in Gläsern an, die von den Kindern mit
Schneeflocken und Sternen beklebt worden waren,

und schaltete die helle Deckenbeleuchtung aus. Mit einer Taschenlampe bewaffnet setzte ich mich zu den Kindern und lauschte der rauen Stimme meiner Kollegin, die etwas Geheimnisvolles in sich verbarg. „Es war ein düsterer Novembermorgen..." Ich schaute den Kindern zu und wunderte mich darüber, wie entspannt sie waren. Manche saßen mit geschlossenen Augen auf den Sitzkissen, eng ihre Beine mit den Armen umschlungen. Die anderen legten sich auf den Bauch und stützen ihr Kinn mit den Händen ab. Es war so leise im Klassenraum, dass man hören konnte, wie die Kerzenlichter flackerten und die Kinder atmeten.

Die laute Pausenglocke erwischte uns mitten in der Geschichte und die Schüler meckerten laut.

„Lies weiter! Wie geht die Geschichte aus?" Erst als Frau Strauß versprochen hatte nach der Pause weiter zu lesen, gingen die Schüler widerstrebend raus. Ich schaltete das Licht ein und schaute meine Kollegin fragend an. „Was habe ich falsch gemacht? Warum hat es mit dem Basteln nicht geklappt?"

Frau Strauß setzte sich hin und schaute mich direkt an. „Das Wort *falsch* trifft hier nicht zu. Die Idee für den Unterricht war gut und sprach die Schüler sofort an. Die Durchführung gestaltete sich als sehr schwer, weil deine Erwartungshaltung auf die Regelschüler abgestimmt war, aber keinesfalls auf lernbehinderte Kinder, die große Schwierigkeiten mit abstrakten Aufgaben haben und das Gehörte schwer umsetzen können. Hier musst du kleinschrittig vorgehen und alles bildlich veranschaulichen."

„Da hast du bestimmt recht. Ich kann sehr schlecht einschätzen, ob die gestellte Aufgabe für die Schüler zu schwer ist und ich sie damit überfordere."

„Wie solltest du auch... Die Behindertenpädagogik war auch nicht das Thema deines Studiums. Man darf von keinem Regellehrer erwarten, dass er in einem zweistündigen Fortbildungsangebot das selbe Fachwissen erlangt wie ausgebildete Sonderschulpädagogen, die sich ganze fünf Studienjahre damit auseinander gesetzt haben und es später im Referendariat vertiefen konnten."

„Ich finde es gut, dass du das Wort *behindert* in den Mund nimmst. Heutzutage ist es verpönt, jemanden so zu nennen."

„Ob man *behindert* oder *besonders* sagt, spielt eigentlich keine Rolle. Wichtig ist, was man dahinter versteht und wie man damit umgeht. Nur darauf kommt es an. Es ist auch viel ehrlicher, einem Kind zu erklären, dass es aufgrund seines Handicaps anders ist. Aber wenn es sich von der Gesellschaft angenommen und akzeptiert fühlt, dann spielt die Bezeichnung seines Andersseins für ihn eine untergeordnete Rolle. Und wenn die Gesellschaft dieses Anderssein zulässt und die Voraussetzung für jedes Kind schafft, sich seinen Möglichkeiten entsprechend zu entwickeln und später eine aktive Teilhabe am gesellschaftlichen Leben zu haben, dann können wir uns glücklich schätzen, in einer gut funktionierenden Gesellschaft zu leben. Und da können wir getrost auf alle Aushängeschilder verzichten, die wir seit Jahren zu verschönern versuchen: Sonderschule, Förderschule, Hauptschule, Sekundarschule."

Ich gab meiner Kollegin hundertprozentig recht und dachte in diesem Moment an meine Freunde und Bekannte, die gut situiert waren und mit beiden Beinen im Leben standen. Die meisten blickten auf eine erfolgreiche Berufskarriere zurück und bekleideten wichtige Posten in verschiedenen Firmen. Und wenn man weiß, dass sie die Schule mit einem Hauptschulabschluss in der Tasche verlassen hatten, dann wird einem sofort klar, dass dieser Abschluss in den letzten Jahren kaputt geredet wurde. Denn wie soll man heute Kinder auf Hauptschulen oder Förderschulen motivieren zu lernen, wenn doch gesellschaftlich klar ist, dass genau diese Kinder keine Zukunftsperspektive haben. Durch sämtliche Medien wurde über Jahre öffentlich klargestellt, dass ein Hauptschulabschluss nichts mehr wert ist. Wie sollen sich Kinder auf solchen Schulen fühlen....wertlos? Es ist nachvollziehbar, dass das Lernen dort keine Motivation hat, wenn die Gesellschaft den Abschluss und die Kinder abgestempelt und in eine enge Schublade gesteckt hat. Ganz abgesehen von den Lehrern, die dort Unterricht abhalten sollen. Welche Argumente gibt man einem Lehrer und den Eltern an die Hand, die Kinder morgens pünktlich zur Schule zu schicken, wenn es öffentlich sowieso keinen Sinn mehr macht, weil das Lernen und der Abschluss keine Anerkennung mehr in der Gesellschaft findet.

Der Weihnachtsmarkt

Der alljährliche Weihnachtsmarkt auf dem Schulhof war nicht nur bei den Schülern, sondern auch in der Nachbarschaft sehr beliebt. Schön dekorierte Verkaufsstände, nach Zimt und Anis riechende Kekse und gemütliche Atmosphäre luden zum Verweilen ein und boten allen Beteiligten die Möglichkeit, sich besser kennenzulernen und miteinander ins Gespräch zu kommen. Die selbst gebastelten Einladungen waren schon Wochen im voraus in Geschäften und Kindergärten ausgehängt und bei den Nachbarn in die Briefkästen geworfen. In den ersten Jahren waren die Einwohner recht skeptisch und nahmen die Einladungen nicht an. Der schlechte Ruf einer Förderschule in der Gesellschaft trug dazu bei, dass die Schüler sehr früh mit Ablehnung und Ausgrenzung konfrontiert wurden.

Um dagegen zu steuern und die Kluft zwischen einer Förderschule und der restlichen Gesellschaft zu minimieren, leistete die Schule eine große Aufklärungsarbeit und organisierte gemeinsame Aktivitäten im Ort, wo jeder eingeladen war.

Schon kurz nach den Sommerferien wurden die ersten Vorbereitungen für den Weihnachtsmarkt getroffen. Das Rahmenprogramm wurde besprochen und Ideen für die Verkaufsstände gesammelt. Dieses Jahr erzählte Marita von einem Feuerspucker, den sie auf dem Sommerfest ihrer Tochter gesehen hatte.

„Er kann nicht nur Feuer spucken, sondern auch mit brennenden Fackeln jonglieren. Was haltet ihr davon?"

„Es sieht bestimmt schön aus. Vor allem, wenn es dämmert." Ich schaute die Kolleginnen an. „Ich habe da meine Zweifel, was die Sicherheit unserer Schüler betrifft."

„Wir können zwar den Platz mit einem Absperrband sichern, aber ob sich die Schüler daran halten werden." Tina schüttelte nachdenklich den Kopf. „Wenn ich an Ümet alleine denke... Bei ihm kann man mit allem rechnen."

Alle waren sich einig, dass es zwar eine gute Idee war, deren Umsetzung sich aber schwer gestalten dürfte, weil das Verhalten der Schüler oft nicht vorhersehbar war.

„Sollen wir wieder eine Auffangklasse für die Schüler anbieten, die weiter weg von der Schule wohnen?"

Es war ein wichtiges Thema bei jeder Veranstaltung. Viele Schüler wohnten weit weg von der Schule. Manche kamen mit dem Zug, die anderen wurden mit einem Taxi zur Schule gebracht. Jüngere Schüler hatten an diesem Tag um zwölf Uhr Schulschluss und konnten nach Hause gehen, um anschließend am späten Nachmittag mit ihren Eltern zusammen am Weihnachtsmarkt teilzunehmen. Leider gab es viel zu viele Eltern, die gar kein Interesse am Schulleben ihrer Kinder zeigten und sich in der Schule nicht blicken ließen. Bei ihnen konnte man sicher sein, dass sie eine weiche Couch bei sich zu Hause nicht gegen einen Spaziergang am Nachmittag tauschen würden, um gemeinsam mit ihrem Kind das Schulfest zu erleben. Um den Kindern aus solchen Familien doch noch die Möglichkeit zu geben mitzufeiern, schickte man sie gar nicht nach Hause, sondern behielt man sie direkt bis zur Veranstaltung in der Schule in einer so genannten Auffangsklasse. Dort wurden die Kinder mit einem warmen Mittagessen versorgt und beschäftigt. Die jüngeren Schüler malten Willkommenskarten für Gäste und die älteren Schüler packten mit an. Die Jungs trugen Tische und Stühle aus den Klassenräumen in die Turnhalle und bauten eine Bühne auf, die Mädchen dekorierten Wände und Tische und hängten Girlanden auf. Jede Klasse baute ihren Stand auf und bot selbst gemachte Sachen zum Verkauf an. Jeder hoffte auf einen guten Verkauf, um die Klassenkasse aufzufüllen.

Die Schüler fieberten schon lange diesem Nachmittag entgegen. Endlich hatten sie die Möglichkeit, in einer gemütlichen Atmosphäre ihren Eltern einen selbst gekochten Tee und selbst gebackene Plätzchen anzubieten, ihre Bastelarbeiten zu präsentieren und anschließend bei einer Tasse Tee zusammen Weihnachtslicder zu singen. Und als es dann so weit war und der Tag X kam, blieben die Stühle leer. Das mangelnde Interesse am Schulleben der Kinder seitens vieler Eltern ließ schon mehrere Veranstaltungen platzen und sorgte für große Enttäuschung nicht nur bei den Kindern, die vergebens auf ihre Eltern am Schultor warteten, sondern auch bei den Lehrern, die weinende Kinder trösteten und aufmunterten. Und anstelle von den Eltern begleiteten sie die Kinder zu den Verkaufsständen, kauften selbstgemalte Bilder und selbstgebastelte Kalender und sangen zusammen mit den Kindern Weihnachtslieder.

Ein I-Helfer für Ismail

Alle meine Schüler waren wegen einer Lernschwäche oder eines extrem auffälligen Verhaltens betreuungsbedürftig und benötigten viel Aufmerksamkeit und Zuspruch. Es gab jedoch einen Schüler, der besonders schwierig war und eine zusätzliche Unterstützung brauchte. Sein Name war Ismail und mit seinen dreizehn Jahren war er der Älteste in der fünften Klasse. Seit klein auf litt er an einer chronischen Nierenkrankheit und musste sich in regelmäßigen Abständen einer Dialyse unterziehen. Aufgrund seiner Krankheit konnte er an vielen gemeinsamen Aktivitäten wie Ausflügen, Klassenfahrten oder Sportfesten nicht teilnehmen. Auch der Schulalltag gestaltete sich als sehr schwer, weil Ismail wegen seiner stark ausgeprägten Lernschwäche dem Unterricht nicht folgen konnte. Während sich die anderen Schüler mit dem Inhalt verschiedener Texte auseinander setzten, kämpfte er immer noch mit dem ABC.

Aber nicht nur seine Lernschwäche bereitete mir große Schwierigkeiten, sondern auch seine fehlende soziale Kompetenz. Zu Hause wurde er wie ein Prinz behandelt und jeder Wunsch wurde ihm förmlich von den Lippen abgelesen. Er musste sich um nichts kümmern und hatte immer das Sagen. In der Schule war er aber einer unter vielen anderen, musste sich unterordnen und Rücksicht auf die anderen nehmen. Und er wollte partou nicht akzeptieren, dass er nicht bevorzugt behandelt werden konnte. Immer wieder versuchte er, seinen Willen durchzusetzen und sprengte dadurch den Unterricht. Wenn er nicht sofort dran genommen wurde oder nicht sofort eine Erklärung bekam, wurde er wütend. Ohne Rücksicht auf andere Schüler warf er seinen Tisch um und die um ihn herum stehenden Stühle schleuderte er durch den Klassenraum. Dabei brüllte er laut und ließ sich nicht beruhigen.

Auch seine abwertende Haltung allen Frauen gegenüber sorgte für ständige Auseinandersetzungen im Unterricht. Bei vielen Kolleginnen verweigerte er die Mitarbeit komplett, lehnte sich in seinem Stuhl zurück und störte den Unterricht durch laute Zurufe und herablassende Kommentare.

„Du, Frau, hast mir nichts zu sagen."

Ismail brauchte dringend jemanden, der ihn im Schulunterricht begleitete, ihm die Aufgabenstellungen vorlas und mit ihm zusammen die Buchstaben ins Heft schrieb.

Das Gespräch mit den Eltern gestaltete sich von Anfang an als sehr schwierig. Sie wollten auf keinen

Fall akzeptieren, dass ihr Sohn eine zusätzliche Betreuung benötigte. Sie hatten Bedenken, dass Ismail dadurch immer mehr von den anderen Schülern ausgegrenzt wird und letztendlich den Anschluss komplett verliert. Zusätzlich wollten sie dem Familienruf nicht schaden. Es reichte schon, dass ihr Sohn eine Förderschule besuchte. Vor allen Verwandten und Bekannten zugeben zu müssen, dass der Junge auch diese Schule nicht schaffen konnte und eine zusätzliche Betreuung brauchte, war besonders für den Vater sehr demütigend.

Nach vielen Gesprächen und Telefonaten lenkte der Vater doch noch ein. Mit einem Papierstapel in der Hand stand er kurze Zeit später in meinem Klassenraum und wirkte völlig überfordert. Der Antrag auf I-Helfer bestand aus zwanzig Seiten, in denen die Eltern Familienverhältnisse und eine detaillierte Schilderung der Probleme des Kindes darstellen mussten. Da aber der Vater selbst kaum deutsch sprach, konnte er diesen Antrag alleine nicht bewältigen. Bis zum späten Abend saßen wir zusammen über den Blättern und kämpften uns durch zahlreiche Fragen. Nachdem diese Hürde geschafft war, dauerte es ein halbes Jahr, bis ich eine freudige Nachricht erhielt, dass der I-Helfer bewilligt wurde. Endlich konnte das Lehrerkollegium durchatmen und sich über die Unterstützung des I-Helfers freuen. In Gedanken gestaltete ich schon meinen Unterricht um, sodass Ismail nicht zu kurz kam, aber auch andere Schüler die nötige Aufmerksamkeit endlich bekamen. Als ich dann auch hörte, dass Ismail

von einem jungen Mann unterstützt wird, hätte ich vor
Freude Purzelbäume schlagen können.

Der Junge vom Schulhof

Am nächsten Morgen kam ich etwas früher zur
Schule, um den I-Helfer in Empfang zu nehmen. Der
Schulhof war noch fast leer und wirkte etwas ver-
schlafen. Auf der Tischplatte saßen drei jüngere Schüler mit einem Handy in der Hand und unterhielten sich
über ein Spiel.

„Guten Morgen, Frau Peters." Wie auf ein
Kommando steckten sie ihre Handys ein und schauten mich an.

„Guten Morgen, Jungs. Seid ihr aus dem Bett gefallen?" Ich blieb noch kurz bei den Schülern stehen
und wechselte einige Worte mit ihnen.

Am Treppengeländer angekommen bemerkte ich
eine dunkle Gestalt, blieb kurz stehen und schaute mir
den Jungen an. Er trug eine zerschlissene Jeans und
einen zerknitterten Pullover mit ausgefransten Är-
meln. Seine verfilzten, strubbeligen Haare hatte er zu
einem Zopf gebunden. Die Handgelenke waren mit
vielen Stoff- und Lederbändern umwickelt. Ein mit
Metallstacheln besetztes Lederband zierte seinen Hals.
Er starrte die ganze Zeit auf sein Handy und schien
keinen um sich herum wahr zu nehmen.

Die Schule war nicht groß und schon nach wenigen
Monaten kannte ich alle Schüler beim Namen, aber

diesen Jungen sah ich mit Sicherheit das erste Mal. Ich wunderte mich, dass ich nichts von einem neuen Schüler mitbekommen hatte und betrat das Lehrerzimmer.

Eine halbe Stunde später stand ich mit einem Kaffeebecher in der Hand am Fenster und schaute den jüngeren Schülern beim Spielen zu. Es war kurz vor Unterrichtbeginn und der neue I-Helfer war immer noch nicht da, was mich sehr ärgerte.

„Haben wir etwa einen neuen Schüler?", fragte Frau Möller, eine ältere Kollegin von mir, und zeigte vom Fenster aus auf den Jungen von vorhin, der einsam auf einer Tischtennisplatte saß.

Die anwesenden Kollegen schauten kurz aus dem Fenster und zuckten mit den Schultern. In diesem Moment kam die Schulleiterin ins Lehrerzimmer.

„Habt ihr schon den neuen Integrationshelfer kennengelernt?" Sie trat ans Fenster und deutete auf den Jungen mit strubbeligen Haaren und abgetragenen Klamotten. Ich traute meinen Augen und Ohren nicht. Das war der Junge vom Schulhof, mit einer zerschlissenen Jeans, einem zerknitterten Pullover und einem Stachellederband um den Hals.

„Man wartet ein halbes Jahr, bis der Antrag auf einen I-Helfer bewilligt ist, und wenn es endlich so weit ist, hat man keinen Einfluss darauf, wen man bekommt. Letztendlich ist man froh, dass man jemanden da sitzen hat." Frau Möller durchbrach plötzlich die herrschende Stille und schüttelte den Kopf. „Meine I-

170

Helferin ist auch sehr jung und kommt frisch vom Berufskolleg, wo sie den Fachbereich Gesundheit und Pflege absolviert hat. Sie muss die Zeit überbrücken, bis sie einen Ausbildungsplatz gefunden hat, deshalb hat sie die Stelle als I-Helferin angenommen. Mit ihren 18 Jahren hat sie aber kein Rüstzeug, um diesem Beruf gerecht zu werden. Sie weiß nicht mal, was ihre Aufgaben sind und sitzt die meiste Zeit mit einem Buch oder einem Handy in der Hand nur rum. Sie freut sich, wenn die Schülerin, die sie betreuen muss, nicht da ist und sie wieder gehen kann. Ich glaube schon, dass sie auch selbst merkt, falsch am Platze zu sein. Eigentlich müsste man sie von diesem Job erlösen, aber sie ist auf das Geld angewiesen und muss bis Ende des Schuljahres ausharren. Sie ist definitiv keine Hilfe für uns: weder für mich, noch für die Schülerin." Frau Möller erhob sich schwer und ging zur Tür. Unterwegs blieb sie noch kurz stehen und drehte sich um. „Lea, ich wünsche dir viel Erfolg mit deinem I-Helfer."

„Das ganze System funktioniert nur in der Theorie", bemerkte eine Kollegin, als die Tür hinter Frau Möller zugefallen war. „In der Praxis ist alles für den Arsch."

Ich holte meinen neuen I-Helfer von der Tischtennisplatte ab und stellte mich ihm vor.

„Ich heiße Oliver," entgegnete er mir und lächelte mich freundlich an.

Ich zeigte Oliver das Schulgebäude und den Schulhof und erzählte ihm von Ismail. Nebenbei fragte ich ihn nach seinen Qualifikationen und was ihn dazu bewegt hatte, diesen Job anzunehmen.

„Ich habe keinen Ausbildungsplatz bekommen", antwortete er ehrlich.

„Welchen Ausbildungsplatz strebst du an?", hakte ich nach und hoffte, dass die Ausbildung etwas mit Pädagogik im weiten Sinne des Wortes zu tun hat.

„Als KFZ-Mechaniker." Oliver schaute mich direkt an. „Ist das ein Problem?"

„Nun ja, es ist schon wichtig, dass man Erfahrungen im Bereich der Kinder- und Jugendarbeit hat, um unserer schwierigen Schülerschaft gerecht zu werden."

„Bis jetzt bin ich mit jedem gut klar gekommen", unterbrach er mich. „Auch mit Ismail werde ich klar kommen."

Das wünschte ich im Stillen uns allen, aber schon bald musste ich mit Bedauern feststellen, dass ich mit Oliver einen zusätzlichen Schüler in der Klasse sitzen hatte. Schon die erste Begegnung mit Ismail gestaltete sich als sehr schwierig.

„Der stinkt", Ismail, der sehr viel Wert auf sein Äußeres legte, musterte Oliver von Kopf bis Fuß und rümpfte die Nase. „Der sitzt ganz sicher nicht an meinem Tisch." An diesem Tag saß Oliver alleine und schaute die ganze Zeit gelangweilt aus dem Fenster. Auch in den nächsten Tagen hat sich nichts geändert.

Oliver versuchte es auf eine freundschaftliche Basis und wartete auf Ismail auf dem Schulhof.

„Was geht ab Alta. Schlag ein."

„Du stinkst. Hau ab Alta!" Ismail drehte seinem I-Helfer den Rücken zu und ließ ihn alleine stehen.

Immer wieder versuchte ich zu vermitteln und Ismail zu erklären, wie wichtig es für ihn war, die Hilfe von Oliver anzunehmen. „Ich muss mich auch um die anderen Schüler kümmern und kann nicht immer bei dir bleiben. Oliver ist aber immer für dich da. Nimm seine Hilfe an."

Widerwillig ließ Ismail seinen I-Helfer neben sich sitzen und war bereit, mit ihm zusammen zu arbeiten. Das Problem war aber, dass Oliver gar keine Vorstellung davon hatte, was seine Aufgaben waren und wie er Ismail helfen sollte.

„Was soll ich tun? Wie soll ich reagieren?", fragte er mich oft. „Meine Chefin meinte beim Vorstellungsgespräch, dass ich einem Schüler bei den Schulaufgaben helfen muss. Aber wie mache ich das?"

In zahlreichen Gesprächen erklärte ich Oliver, wie er in bestimmten Situationen reagieren sollte und was er für Ismail machen konnte. Schon bald fühlte ich mich zusätzlich zu meinen Aufgaben als Lehrerin, Psychologin, Sozialpädagogin und Familientherapeutin nun auch als eine Ausbilderin von I-Helfern. Die erhoffte Unterstützung stellte sich schon bald als eine zusätzliche Belastung heraus und kostete mich sehr viel Zeit. Irgendwann schaffte ich es, Oliver mit seinen Aufgaben vertraut zu machen. Aber es gelang mir leider nicht, ihm ein Feingefühl für einen „besonderen" Schüler zu vermitteln.

„Brauchst du Hilfe?", fragte Oliver kurz nach, während er mit einem Auge auf sein Handy schielte und mit dem anderen die Aufgabe von Ismail flüchtig begutachtete. „Alta, das ist babyleicht. Schaffst du das etwa nicht?"

„Verpiss dich", Ismail drehte sich vom I-Helfer weg und stützte seinen Kopf mit der Hand ab.

Der I-Helfer widmete sich seinem Handy und ließ Ismail da sitzen. Kurze Zeit später kickte Ismail seinen Tisch von sich weg und sprang auf. Im nächsten Moment rannte der Schüler schreiend durch den Klassenraum, blieb an einem Schrank stehen und zog die Tür an sich. Immer wieder schloss er sie mit einem Knall zu und schimpfte dabei auf türkisch.

„Kannst du bitte mit Ismail rausgehen, bis er sich beruhigt hat?" Ich schaute zu Oliver, der nun endlich sein Handy zur Seite gelegt hatte und das Ganze entsetzt beobachtete. Lustlos schleppte er sich hinter dem ausgerasteten Schüler hinterher und setzte sich auf die Tischtennisplatte.

Irgendwann stand Oliver nach dem Schulschluss im Klassenraum und rieb sich verlegen die Hände.

„Ich wollte mich verabschieden. Ich komme nicht mehr."

Da ich nicht sofort verstanden habe, was er mir damit sagen wollte, ließ ich ihn weiter reden.

„Ich habe kein Problem damit, einen Schüler im Rollstuhl über den Schulhof zu schieben oder ihm bei Toilettengängen zu helfen. Aber ich habe ein großes Problem, einem ausgeflippten Schüler hinterher zu rennen und von ihm beleidigt und bespuckt zu werden. Ich weiß auch nicht, wie ich damit umgehen soll. Am besten würde ich ihm eine knallen, aber das darf ich nicht. Damit ich mich nicht doch eines Tages strafbar mache, habe ich gekündigt. Heute war mein letzter Arbeitstag.“

Was sind Ihre Aufgaben als I-Helfer?

(Aus dem Interview mit einer I-Helferin, 19 Jahre)

Man hat zu mir gesagt, ich soll gucken, dass Niklas mitarbeitet und sich vernünftig benimmt. Wenn er Probleme hat, soll ich ihn unterstützen. Zu neunzig Prozent entscheide ich aus dem Bauch heraus, ob ich mich neben ihn setze, mit ihm spreche oder ihn in Ruhe lasse. Manchmal glaube ich, dass die Lehrer von mir mehr erwarten. Bei geringsten Störungen bekomme ich einen auffordernden Blick von der Lehrerin. Sie will ihren Unterricht ungestört fortsetzen und ich bin dafür da, jeglichen Störfaktor sofort zu unterbinden. Oft frage ich mich, wie ich das machen soll. In vielen Situationen fühle ich mich überfordert. Manchmal flippt Niklas plötzlich aus, fängt an zu schreien, haut einfach mit seiner Faust auf den Tisch und zerreißt seine Arbeitsblätter. In solchen Momenten lässt er keinen an sich heran. Manchmal kommt er schon schlecht gelaunt zur Schule, schaut mich nicht an und will keine Hilfe von mir annehmen. Er achtet darauf, dass ich nicht an einem Tisch mit ihm sitze. An solchen Tagen will er nur von den Lehrern angesprochen werden und ist sehr bestrebt, von ihnen unterstützt zu werden. Und da kommt es prompt zu Störungen. Niklas ist in seiner Entwicklung weit hinter seinen Altersgenossen. Mit zwölf Jahren kann er kaum lesen und schreiben. Darum bearbeitet er andere Arbeitsblätter als die Mehrheit der Klasse. Da er

Schwierigkeiten hat, die Aufgabenstellung zu lesen und zu verstehen, fordert er ständig Hilfe von der Lehrerin an. Er ruft ständig in die Klasse rein, steht auf und geht zum Lehrerpult. Unterwegs verpasst er manchen Schülern einen Hieb oder haut sie mit den Stiften. Er braucht nach jedem geschriebenen Wort oder Satz eine Bestätigung, die er von der Lehrerin verlangt. Da sie sich aber noch um andere Schüler kümmern muss und nicht die ganze Zeit bei ihm bleiben kann, hört er auf zu arbeiten und rastet aus. Die Lehrerin fordert mich auf, Niklas zu helfen und das würde ich so gerne. Nur weiß ich nicht wie. Ich hatte noch nie solche Kinder erlebt und kann damit nicht umgehen. Ich weiß nicht, was ihm fehlt und wie ich ihm helfen kann. Von meiner Firma gibt es auch kaum Unterstützung. Sicherlich kann ich jeder Zeit anrufen und die Situation schildern. Und die Firma ruft dann zu Hause an und spricht mit den Eltern. Bei Niklas bringt dies aber kaum etwas, weil er zu Hause alles bestimmt und seine Eltern missachtet.

Wenn ich von Anfang an gewusst hätte, wie es hier läuft und was ich alles machen muss, hätte ich mich nie im Leben auf diese Stelle beworben. Ehrlich gesagt, schaue ich mich schon nach einer anderen Stelle um. Bis ich aber etwas gefunden habe, muss ich das hier aushalten. Ich brauche das Geld.

Zufällig reingerutscht

„Oh je", flüsterte ich und dachte an meinen ersten Fall als I-Helferin zurück.

Im Herbst lief mein befristeter Vertrag als Sprachtherapeutin in Kindergärten aus und ich suchte dringend nach einer neuen Arbeitsstelle. Da ich zu dem Zeitpunkt alleinerziehend war, kamen viele Berufe für mich nicht in Frage, weil ich abends zu Hause bei meinen kleinen Kindern sein wollte. Bei einer Internetrecherche stieß ich auf eine Stellenausschreibung, die auf den ersten Blick interessant klang. Der Beruf sagte mir nichts, aber die Stelle war ab sofort zu besetzen. Und das war für mich sehr wichtig, weil ich dringend Geld brauchte. Ich gab bei Google das Wort „Integrationshelfer" ein und las neugierig alles, was der Computer ausgespuckt hatte.

Integrationshelfer/innen (synonym auch Schulbegleiter, Schulassistenz, Integrationsassistenz) unterstützen Kinder mit psychischen Störungen oder mit geistigen oder körperlichen Behinderungen, die an einer (den Fähigkeiten des Schülers entsprechenden) Regelschule unterrichtet werden, langfristig und individuell mit dem Ziel der Eingliederung in die Schulgemeinschaft sowie der Verbesserung ihrer lebenspraktischen, intellektuellen und sozialen Fähigkeiten...
Ziel der Tätigkeit eines Integrationshelfers/einer Integrationshelferin ist, dass ein behindertes Kind einen

allgemeinbildenden Schulabschluss erreicht und zu einem selbständigen Leben befähigt wird.
(aus dem Ratgeber „Umschulung zum Integrationshelfer / zur Integrationshelferin", https://ratgeber-umschulung.de/soziales/integrationshelfer/, 22.07.2017)

Meine Aufgabe war also, ein Kind beim Lernen und auf dem Schulhof zu unterstützen und ihm bei kleineren Problemen unter die Arme zu greifen. Es klang nicht schwer. Jahrelang habe ich Nachhilfeunterricht gegeben und damit mein Studium finanziert. „Kriege ich hin", beschloss ich und griff schnell zum Telefon.

Mein erster Einsatzort war eine fünfte Klasse an einer Hauptschule. An der Schule angekommen, schaute ich mich um. Auf dem Rasen spielten kleinere Jungs Fußball, einige Meter weiter saßen fünf Mädchen auf der Banklehne, ihre Füße auf der frisch gestrichenen Bank abgestellt, und veranstalteten Weitspucken. Manche Kinder bissen genüsslich in ihr Frühstück rein und spülten es mit einem großen Schluck Cola herunter. Ein paar Lehrer marschierten durch den Schulhof und sorgten für Ordnung.
Plötzlich wurde ich von einem Jungen angerempelt und blieb stehen. Blitzschnell streckte er seine Arme nach oben, spreizte die Finger weit auseinander und fuchtelte damit vor meinem Gesicht. Sein ganzes Gesicht war verzogen und der Mund weit aufgerissen.

Für einige Minuten war ich fassungslos und konnte meinen Augen nicht glauben. Der Junge fauchte und griff mich an. Wie eine wilde Katze schlug er um sich herum. Um seinen Krallen auszuweichen, sprang ich schnell zur Seite und wartete gespannt ab, was passiert. Zu meinem Erstaunen wandte er sich aber von mir ab und setzte seinen wackeligen Gang Richtung Schule fort. Ich schaute ihm nach.

Der Junge trug eine kaputte Hose und ein T-Shirt, aus dem er schon im letzten Schuljahr herausgewachsen war. Jedes Mal, wenn er seine Arme nach oben hob, konnte man seinen rundlichen Bauch sehen. Seine fettigen Haare, die schon lange keinen ordentlichen Schnitt gesehen hatten, fielen bei jedem Schritt von rechts nach links. Am Schulgebäude angekommen, blieb er an der Wand kurz stehen und legte seinen Kopf seitlich auf die Schulter. Es sah aus, als ob er die Wand mit seinem Kopf abstützen wollte. Langsam bewegte er sich vorwärts und streifte dabei mit dem Kopf die Wand. Wenn ein anderer Schüler ihm plötzlich im Weg stand, wurde er zu einer wilden Katze. Er schlug um sich herum und fauchte so lange, bis er freie Bahn bekam und seinen Lauf fortsetzen konnte.

Es sah unheimlich aus und ich schüttelte mich. Gleichzeitig stieg meine Spannung auf den Schüler, den ich betreuen sollte, und die ersten Zweifel mischten sich unter meine Gedanken. „Werde ich es schaffen?"

Zehn Minuten später stand ich im Klassenraum und schaute in das Gesicht des Schülers, dessen Schulalltag ich ab sofort mitgestalten durfte. Es war der Junge vom Schulhof…

Von der ersten Minute an war ich überfordert. Ich suchte ein Gespräch mit dem Klassenlehrer und meinem Chef, las verschiedene psychologische Berichte durch und suchte nach Lösungen. Aber mir war klar, dass ich als Laie hier nicht viel richten konnte. Es ging nicht darum, dem Jungen eine Aufgabe zu erklären, wie ich es mir gedacht habe, sondern in erster Linie, ihn in die Klassengemeinschaft zu integrieren. Was anhand seiner vielen psychischen Auffälligkeiten fast unmöglich war. Er brauchte dringend Hilfe, aber eine qualifizierte Hilfe, die sich mit der Diagnostik und dem Verlauf solcher psychischen Krankheiten auskannte. Und so vereinbarte ich einen Termin beim Kinderpsychologen, zu dem auch seine Eltern eingeladen wurden. Es wurde ein Stein für eine langfristige Zusammenarbeit gelegt. So weit, so gut.

Aber den Schulalltag musste ich alleine bewältigen. Und er war sehr schwierig. Manchmal sprang Marcel mitten im Unterricht auf, schimpfte laut und gestikulierte mit seinen Händen. Manchmal hielt er sich die Ohren zu und versteckte sich unter dem Tisch.

Wenn er keine Lust hatte, machte er seine Stifte kaputt und bewarf damit seine Mitschüler. Dabei lachte er laut und schlug mit beiden Fäusten auf den

Tisch. Gutes Zureden half nicht, weil Marcel nach jedem Satz noch lauter und aggressiver wurde. Oft formte er seine Hand zu einem Mund und streckte sie mir entgegen: „Sprich mit meiner Hand", forderte er mich auf.

Ich fühlte mich hilflos und wusste keinen Rat. Der Lehrer erwartete von mir aber eine schnelle Lösung des Problems und reagierte gereizt. Es war schließlich meine Aufgabe dafür zu sorgen, dass Marcel ruhig blieb und den Unterricht nicht störte. Und ich wusste nicht mal, was der Junge hatte, geschweige denn, wie ich ihm helfen sollte.

Das machte mich immer unzufriedener. Dazu gingen die Vorstellungen von den Aufgaben eines I-Helfers seitens der Schule und der Firma, die ich vertrat, weit auseinander.

„Ausprobieren lassen und nicht sofort eingreifen. Die anderen Schüler benehmen sich auch nicht immer vorbildhaft", hieß es bei den wenigen Teamsitzungen, die wir besucht hatten.

„Bei jeder Störung sofort eingreifen und für Ruhe sorgen", erwiderten die Lehrer.

Auch bei anderen Sachen gab es leider wenig Einigkeit. Die Lehrer übertrugen mir immer mehr Aufgaben, die nichts mit Marcel zu tun hatten. Hin und wieder sollte ich Aufsicht übernehmen, einer Schülergruppe Aufgaben erklären, ja sogar Diktate vorlesen.

Während mein Chef immer wieder wiederholte: „Wenn ihr eine Putzfrau bestellt, geht sie nicht bei euren Nachbarn putzen." Das musste heißen, dass ich dafür bezahlt werde, Marcel zu helfen und sonst keinem anderen.

Ich saß zwischen zwei Stühlen, brauchte selbst Hilfe und wurde von Tag zu Tag frustrierter. Die Arbeit machte mir keinen Spaß mehr. Ich habe zwar weiterhin versucht, mein Bestes zu geben. Aber es war nicht genug, weil mir die Fachkenntnisse fehlten und ich im Grunde genommen keine Hilfe für den Jungen war. Ich saß neben Marcel und hoffte, dass die Schulstunde schnell vorbei ging. Ich versuchte mir vorzustellen, was später in seinen Entwicklungsberichten stehen wird und mir ging es nicht gut dabei. Ich habe mich über mich selbst geärgert und noch mehr über die Firma, die wirklich verantwortungslos mit solchen Aufgaben umging. Sie durften mir diesen Aufgabenbereich ohne eine spezielle Ausbildung nicht übertragen.

Kurz darauf vereinbarte ich einen Termin mit meinem Chef. Ich berichtete ihm von meinem Wunsch, diesen Beruf weiterhin ausüben zu wollen, und von den Sorgen, schon bald aufhören zu müssen. Ich wollte Marcel helfen und mich für ihn einsetzen. Aber ich war an dem Punkt angekommen, wo ich mir selbst gestehen musste, dass ich überfordert war und nicht weiter kam. Ich steckte in einem Dilemma und suchte nach einer Lösung. Die Lösung sah ich in einer Fortbildung zu einer Integrationshelferin, die mir das fehlende Fachwissen vermitteln sollte. Zu meinem Entsetzen erfuhr ich aber, dass die Ausübung dieses Berufes keine spezielle Ausbildung bedarf.

„So eine Ausbildung gibt es nicht. Diesen Beruf kann jeder Mensch mit einem normalen Menschenverstand ausüben", erklärte mir mein Chef und bot mir ein zweistündiges Seminar in den Osterferien an.

Bis zu den Osterferien war noch eine lange Zeit. Außerdem konnte ich mir schlecht vorstellen, dass man innerhalb von zwei Stunden irgendwelches Fachwissen vermittelt bekommt, aber ich freute mich trotzdem.

„Was ist der Schwerpunkt?"

„Anwesenheitslisten und Monatsberichte."

Eine Zeit lang schaute ich meinen Chef entrüstet an. Lag es an mir, dass er mein Problem nicht verstehen konnte oder wollte er es einfach nicht?

„Ich habe kein Problem damit, einen Bericht zu schreiben. Mein Problem ist...", ich schaute ihm direkt in die Augen, „mit dem Inhalt dieses Berichtes umgehen zu können. Da fühle ich mich allein gelassen."

Leer starrte ich aus dem Fenster und dachte an meinen letzten Monatsbericht und viele schlaflose Nächte danach. Der Grund dafür war eine schreckliche Entdeckung und das schlechte Gewissen, dass ich für Marcel nicht viel machen konnte.

Schon am ersten Tag fiel mir auf, dass Marcel ein sehr vertrautes Verhältnis zu allen Lehrerinnen pflegte. Er suchte ständig nach ihrer Nähe, streichelte sie am Rücken oder am Arm und flüsterte ihnen etwas ins Ohr. Mir stockte der Atem, als ich verstand, was er da sagte: „Meine Liebe, du siehst heute bezaubernd aus... Welches Parfüm hast du aufgetragen? Es riecht so gut… Deine Haare sind heute besonders schön...“

Ich schaute Marcel ins Gesicht und wollte es nicht wahr haben, denn es war das Gesicht nicht eines zwölfjährigen Jungen, sondern eines Mannes, der sich an eine Frau ran machte.

Ich wollte es nicht glauben und meinte, ich habe die Situation überinterpretiert. Dazu kam noch, dass die Lehrerinnen damit locker umgingen. Sie wiesen zwar seine Hand immer ab und ignorierten seine Fragen, mehr passierte aber auch nicht.

Einmal fragte ich eine Lehrerin, wie sie das empfindet und ob sie das stören würde, worauf sie nur mit den Schultern zuckte:

„Marcel ist ein seltsames Kind. Er tut sich mit seinen Gefühlen sehr schwer. Zuerst haben wir vermutet, er sei ein Autist, aber das hat sich nicht bestätigt. Immer wieder versuche ich ihm zu erklären, dass ich das nicht will. Ein paar Tage bleibt er auf Distanz, dann kommt er wieder.“

Ich fand es weiterhin seltsam und behielt Marcel im Auge. Besonders aufschlussreich waren für mich die Pausen, die ich zusammen mit anderen Schülern auf dem Schulhof verbrachte. Wir haben Ballspiele oder Tennis gespielt, uns unterhalten oder einfach Butterbrote gegessen. Statt mitzuspielen setzte sich Marcel in eine weite Ecke und beobachtete alle aus einer Entfernung, dabei bewarf er die Kinder mit Stöcken und beschimpfte sie. Seine charmante Art, die ich im Kontakt mit den Lehrerinnen beobachtete, war plötzlich nicht mehr da. Im Gegenteil wirkte er aggressiv den anderen Kindern gegenüber oder ging ihnen aus dem Weg. Die meiste Zeit verbrachte er aber in der Cafeteria, wo er Unmengen an Süßzeug in sich hinein stopfte.

„Kaufst du jeden Tag so viele Schokobrötchen und Schokoladen?" Ich setzte mich zu ihm an den Tisch.

„Ja. Meine Mama gibt mir jeden Tag Geld mit."

Ich schaute auf zahlreiche Verpackungen von Schokoriegeln, Schockobrötchen und Lutscheis.

„Hm. Wäre es nicht günstiger, wenn du die Sachen im Geschäft kaufst?"

„Keine Ahnung. Meine Mama sagt, ich habe es verdient."

„Was hast du verdient?"

„Na, die Süßigkeiten", er stand genervt auf, ging zur Tür und ließ mich alleine da sitzen. Ich schaute ihm besorgt hinterher und ein ungutes Gefühl, dass bei ihm zu Hause einiges falsch lief, wurde immer stärker. Und was ich kurze Zeit später erfuhr, brachte meine Welt ins Wanken.

Es war eine ganz normale Unterrichtsstunde und ich erklärte Marcel zum wiederholten Mal eine und dieselbe Matheaufgabe, merkte aber bald, dass er in Gedanken abwesend war und sich nicht konzentrieren konnte. Er benahm sich merkwürdig, sagte kaum etwas und atmete sehr hastig, als ob er einige Runden gelaufen wäre.

„Geht's dir gut?" Ich schaute vom Heft auf und beobachtete Marcel. Er lächelte mich charmant an, beugte sich zu mir rüber und flüsterte sanft: „Du riechst so gut." Und kaum konnte ich reagieren, da legte er seine Hand auf meine und drückte sie zärtlich. Widerwillig zog ich meine Hand zurück und wich mit meinem ganzen Körper zur Seite.

„Stopp", energisch streckte ich eine Hand Marcel entgegen und hinderte ihn daran, mir näher zu kommen. „Das ist deine Tischseite, hier ist meine, dazwischen ist eine Grenze, die du nicht überschreiten darfst. Ich will nicht, dass du mich berührst und mir zu nahe kommst. Hast du mich verstanden?"

Mit einem gesunkenen Kopf blieb Marcel an seinem Tisch sitzen und spielte nervös mit seinen Händen, bis er sie plötzlich zu Fäusten formte und damit wild auf den Tisch einschlug. Erschrocken sprang ich auf und wich im letzten Moment den Büchern aus, die im hohen Bogen durch die Klasse flogen. Kurz darauf trat Marcel wutentbrannt gegen den Tisch und rannte aus dem Klassenraum.

„Boah, Alta. Der ist aber abgegangen", freuten sich die Schüler.

An diesem Tag informierte ich meinen Chef über den Vorfall und äußerte den Wunsch, den Jungen abgeben zu wollen, weil ich mit ihm nicht klar kam.

„Das ist doch nur ein Kind. Was kann da schon passieren?" Der Chef zeigte zwar kein Verständnis für meine Besorgnis, versprach mir dennoch, sich um einen neuen I-Helfer zu kümmern. Aber dazu kam es doch nicht, weil nur wenige Tage später festgestellt wurde, dass Marcel von seiner Mutter sexuell missbraucht wurde. Daraufhin wurde das Jugendamt eingeschaltet, das Marcels Unterbringung in einem Heim anordnete, die allerdings noch geheim gehalten wurde, um die Eskalation mit dem Elternhaus des Jungen zu vermeiden. Ich wurde angehalten, Marcel aus dem Unterricht zu holen, um ihn zum Jugendamt zu begleiten.

„Wie erkläre ich das Marcel?" Ich schaute auf die Dame vom Jugendamt, die in ihrem Berufsleben sicherlich schon einiges erlebt hatte und überlegte kurz, ob sie genauso wie ich aufgeregt war oder ob solche Situationen für sie zur Routine geworden waren. Die Jugendamtmitarbeiterin wirkte ruhig und nichts deutete auf eine große Aufregung.

„Sie sagen einfach, dass ihr zu einem Gespräch zum Jugendamt fahrt. Mama und Papa sind auch da."

„Werden die Eltern wirklich da sein?"

„Ja, aber in einem anderen Raum. Die Polizei ist auch vor Ort, falls es eskalieren sollte."

„Und was ist, wenn er nicht mitkommt?" Seit dem Vorfall im Unterricht ging Marcel mir aus dem Weg und bestand sogar darauf, alleine am Tisch sitzen zu wollen.

„Überlegen Sie sich etwas", die Jugendamtmitarbeiterin klopfte mir auf die Schulter. „Sie schaffen das schon."

Dann ist der Tag X gekommen, an dem ich Marcel zu Jugendamt bringen sollte. Ich konnte dem Unterricht schlecht folgen, schaute ständig auf die Uhr und tausende Gedanken schossen mir durch den Kopf. Wie soll ich Marcel die ganze Situation erklären? Wird er überhaupt mitkommen? Und was ist, wenn er sich weigert? Ich schaute in das Gesicht eines zwölfjährigen Kindes, verfolgte seine Lippenbewegungen, hörte aber nur die Stimme meines Vorgesetzten.
„Zu neunzig Prozent wird Marcel keine gute Zukunft haben. Schon bald wird er sich in einer psychologischen Betreuung vorfinden. Zuerst als Opfer... und später als Täter."

Als ich dann Stunden später das Jugendamt ohne Marcel verließ, fühlte ich mich komplett leer und ausgelaugt. Dringend brauchte ich jemanden zum Reden. Jemanden, der mir zuhören würde und mich verstehen könnte; jemanden, der Erfahrung in solchen Situationen hatte und mir ein paar Ratschläge geben könnte. Ich dachte kurz an die unterschriebene Schweigepflichterklärung und musste leider feststellen, dass ich mit meinen Fragen und Problemen alleine da stand und keinem von diesem Fall erzählen durfte.
Ich parkte mein Auto in einer kleinen Nebenstraße und lief los, immer schneller und schneller. Vorbei an

der Schule, am Jugendamt und vielen Geschäften, vorbei an spielenden Kindern und vielen Passanten. Einfach weg. Am liebsten wäre ich zu Fuß zum Schulministerium gelaufen, hätte mir die Leute angeschaut, die großzügig Gesetze erlassen und sie gefragt, ob sie jemals ihr Büro verlassen und das Schulleben von innen erlebt haben. Ich würde diese Gesetzgeber mit der Realität konfrontieren: Mit kreischenden Kindern, die über Tische und Bänke gehen, sich und andere verletzen, Schulmöbel kaputt machen, Lehrer beschimpfen und erniedrigen. Mit jungen Mädchen und Jungen, die in dieses Haifischbecken als Integrationshelfer geworfen werden, ohne dass man ihnen das Schwimmen beigebracht hat. Ich würde den Gesetzgeber am eigenen Leibe erfahren lassen, warum diese Integrationshelfer den Beruf so schnell an den Nagel hängen und noch lange danach hoch traumatisiert durchs Leben gehen.

I-Helfer: eine Hilfe oder eine Belastung?

Es hört sich immer gut an, dass Kinder mit körperlicher, geistiger oder seelischen Behinderung einen Anspruch auf einen I-Helfer haben, der den Kindern den Schulalltag erleichtern soll und ihnen beim Erlernen der Sozialkompetenzen unterstützend zur Seite steht. In unserer Zeit, die von der Inklusion geprägt ist, steigt der Bedarf an qualifizierten I-Helfern drastisch. Auch der Aufgabenbereich wächst mit und beinhaltet nicht nur die Pflege des Kindes und die Organisation des Schulalltages, sondern auch die Vermittlung von Sozialkompetenzen bei verhaltensauffälligen oder psychisch kranken Kindern. Das setzt aber voraus, dass sich der Integrationshelfer mit unterschiedlichen Behinderungen auskennt. bzw. psychologische Kenntnisse besitzt. Dazu ist eine fundierte Ausbildung erforderlich, die die notwendigen Fachkenntnisse vermittelt, um den Umgang mit auffälligen Kindern in der Praxis zu erleichtern. Wir müssen endlich weg von der Vorstellung, dass der „normale" Menschenverstand für den Beruf des I-Helfers vollkommen ausreicht, denn die Fachkompetenz alleine entscheidet, wie einem Kind geholfen werden kann. Wir müssen mehr Wertschätzung für diesen Beruf aufbringen und die I-Helfer auch besser finanziell darstellen, damit er aus einem Überbrückungsjob zu einem vollwertigen Beruf wird. Denn der Bedarf ist enorm!

Alles andere wären rausgeschmissene Steuergelder, die dazu verwendet werden, das Taschengeld desjenigen aufzubessern, der sich gerade in einer Findungsphase befindet oder auf einen Ausbildungsplatz wartet und diesen Überbrückungsjob als I-Helfer annimmt. Das eigentliche Ziel, den bedürftigen Kindern und dessen schulischem Umfeld helfend beiseite zu stehen, wird in den meisten Fällen verfehlt!

... mehr von Scherbenhaufen Schule in Teil 2 ab Dezember 2017!

Danke

Ein ganz besonderer Dank gilt Michaela Kern, die mich immer wieder ermuntert hat, über meine schlimmen Erlebnisse in der Schule zu schreiben. Auch als ich die Nase voll davon hatte und das Manuskript zur Seite legte, schaffte sie es immer wieder, mich davon zu überzeugen, wie wichtig dieses Thema für die Gesellschaft sei. Und schon wieder holte ich meinen Laptop raus und setzte mich an die Arbeit. Dadurch lernte ich meinen Kopf nicht in den Sand zu stecken, sondern weiter zu kämpfen, egal wie schwer es ist und wie weh es tut!

Ich bedanke mich bei meinen Kindern, Julian und Alexander, für den liebevollen Rückhalt während meiner Arbeit am Buch.

Ich danke Klaus Schatz und allen Kolleginnen und Kollegen, die hier nicht namentlich genannt werden möchten, für die interessanten Einblicke in ihren Alltag als Lehrer und die Interviews. Danke, dass ihr mich so liebevoll in euer Kollegium aufgenommen habt und mir unterstützend zur Seite gestanden habt.

Ein großes Dankeschön an Ute Bongert für die Korrektur meines Manuskriptes und viele Verbesserungsvorschläge.

Und nicht zuletzt danke ich Dir, lieber Leser. Danke, dass Du dich für meine Geschichte interessiert hast und bis hierhin gelesen hast.

Literaturliste

Jeder vierte Lehrer schon bedroht und beschimpft, http://www.faz.net/aktuell/politik/inland/gewalt-an-schulen-schuelergewalt-gehoert-zum-lehrer-alltag-14527181.html, 16.07.2017

Gewalt gegen Lehrkräfte ist nicht nur Privatproblem!, http://www.vbe.de/presse/pressedienste/archiv/archiv-detail/article/gewalt-gegen-lehrkraefte-ist-nicht-nur-privatproblem.html, 16.07.2017

Jeder Dritte Lehrer klagt über Burn-out, https://www.welt.de/politik/deutschland/article135197907/Jeder-dritte-Lehrer-klagt-ueber-Burn-out.html, 10.07.2017

Exitstrategie für Lehrer gesucht, http://www.faz.net/aktuell/politik/inland/bildungs-politik-exitstrategie-fuer-lehrer-gesucht-12791555.html, 10.07.2017

Rahmenvorgaben und Richtlinien für die sonderpäda-gogische Förderung in Schulen des Landes Nordrhein-Westfalen http://www.verband-sonderpaedagogik-nrw.de/fileadmin/uploads_user_LV_NRW/pdf_Richt-linien/Rahmenvorgabe.pdf, 13.07.2017

Jede Woche sterben drei Kinder durch Vernachlässi-gung oder Gewalt, http://www.augsburger-allgemei-ne.de/wissenschaft/Jede-Woche-sterben-drei-Kinder-

durch-Vernachlaessigung-oder-Gewalt-
id38687162.html, 03.08.2017

Claudia Laubstein, Gerda Holz und Nadine Seddig,
Armutsfolgen für Kinder und Jugendliche - Erkennt-
nisse aus empirischen Studien in Deutschland,
https://www.bertelsmann-
stiftung.de/fileadmin/files/Bst/Publikationen/Graue-
Publikationen/Studie_WB_Armutsfolgen_fuer_Kin-
der_und_Jugendliche_2016.pdf, 10.07.2017

Ratgeber „Umschulung zum Integrationshelfer / zur
Integrationshelferin",https://ratgeber-
umschulung.de/soziales/integrationshelfer/,
22.07.2017

Ausbildung zum Integrationshelfer, https://www.aus-
bildung.de/berufe/integrationshelfer/, 16.07.2017

Über mich

Alles fing im Jahr 1993 an, als ich, eine frisch gebackene Lehrerin für Deutsch und Englisch, bei einem Auswahlverfahren bei der deutschen Botschaft in Moskau gewann und für ein Jahr nach Deutschland kommen durfte, um deutschen Schülern meine Kultur und meine Sprache näher zu bringen.

In Deutschland konnte ich schnell Anschluss und Freunde finden, die mich nicht nur bei meiner Arbeit am Gymnasium unterstützten, sondern mir auch bei alltäglichen Fragen zur Seite standen. Denn der kulturelle Schock, den ich damals als ein 22-jähriges Mädchen aus der Provinz erlebt hatte, musste ich erstmal verkraften. Ich stürzte mich in die Arbeit und bereitete mich auf das Promotionsstudium vor, welches ich nach meiner Rückkehr aufnehmen wollte. Aber das Leben bereitete für mich was ganz anderes vor. Und nur wenige Monate später lernte ich den Mann meiner Träume kennen und wir heirateten. Ich verzichtete auf gute Aufstiegschancen und auf einen gut bezahlten Job in Moskau, legte den Gedanken an das Promovieren auf Eis und entschloss mich für einen Neuanfang in Deutschland, wo ich ganz unten als Pizzabäckerin und Möbelverkäuferin anfing. Aber schon bald machte ich mich selbständig und eröffnete eine Nachhilfeschule und zwei Jahre später eine zweite. Zusätzlich arbeitete ich als Integrationshelferin und Vertretungslehrerin an deutschen Schulen und sammelte zahlreiche Erfahrungen.

Meine Leidenschaft war aber immer das Schreiben, das mich all die Jahre begleitete und in guten sowie schlechten Zeiten unterstützte. Allerdings behielt ich das Geschriebene immer für mich. Mit dem Buch „Scherbenhaufen Schule" gehe ich zum ersten Mal an die Öffentlichkeit und freue mich über Eure Meinungen.

www.scherbenhaufen-schule.de